陌上桑 著

在开始之前

百花洲文艺出版社

自序：开始之后，结束之前

这是我的第一本书。它包含了我对高中生活的回忆。

谁没有青春呢。

我们都曾站在青春的玻璃橱窗前，看着柜台上琳琅满目的梦想，却不知道哪个才是自己想要的。

很多人喜欢看故事，可我却没有太多太好的故事可以讲。有位专业写故事的朋友曾开过一个玩笑：如果学生们读过的的书本和写过的试卷能变成故事，那它们连起来可能绕地球不止一圈。

可惜不能。

而我写下的这些文字既不能算小说，也不能算散文——思来想去，就暂且把它们当作一些对高中时代的细碎记忆吧。

不是所有人都能在这些文字里找到共鸣，但我相信只要有那么几句话让你发现，"原来我也曾这么想过，也经历了这么一段时光"，那就是莫大的幸运。

经历过高中的人，都会把对这段时光的爱与恨转变成记忆，即使嘴上百般不愿意再提及，心里也没有真正后悔过。

在提及高中生活之前，我想先谈谈我在上高中之前的日子，以及之后的那些时光。

我以中考倒数第十的成绩进入了我的高中。

高考之后，我作为全校的第二名，进入了暨大最好的学院之一。

现在的我正坐在暨南大学的校园里，写下这里的每一个字和每一句话。

三年前的我无论如何也想不到自己有一天会考进这所大学。

现在再回头环顾高中的校园，这里几乎就是高考前我们生命的全部。

不大，也不小。大得似乎框住了每个生命里不住萌发的躁动，小得可以低头抬头对一切都熟视无睹。

有人说，语数英不能决定你以后买菜时要买什么，但它们很可能决定你以后在哪儿买菜。

是啊，高中生日复一日地考，没日没夜地学。

可就算是没日没夜的生活也能有所抉择。很多人最后还是选择了成为自己，而不是成为别人。

在高中这座青春的熔炉里，不论真金白银还是废铜烂铁都会被锻打焚烧，熔化再造。

那驱赶着每个人的火光，炽烈似盛夏。

至于最后锻造出的是什么，我们知道，也从未真正知道过。

这里强调对与不对，是或不是，能和不能。但这里也同时存在着秩序和反叛。

如果意志不够坚定，又不够机灵，这里就会变成青春和希望的坟墓。

也许高考本身除了分数之外不能带给我们什么，但是冲过这个终点前的任何一秒——坦途大道也好，坟墓也罢，都是人生中再不会有的记忆。

只有愿意不愿意，没有可能不可能。

因为，在那一天真正到来之前，一切都可以改变，一切都值得改变。

三年，九千四百六十万零八千秒。

青春很长，也很短。

没什么可怕的，只要你愿意去经历。

只要从开始之后，坚持到结束之前。

恰似席慕蓉在《青春》里写到的那样：

　　所有的结局都已写好

　　所有的泪水也都已启程

　　却忽然忘了是怎么样的一个开始

　　在那个古老的不再回来的夏日

目录 | contents

上篇　高中的天空

在开始之前

我出生在1997年的深圳，第二人民医院。

还没有记事之前发生的事在这暂且不论，那是别人的记忆。

记忆是个加工品，自己加工的，才适合自己。

我记事比较晚，记得最清楚，也是最早的事，就是在小区前面的莲花路上，拉着我妈的手过马路。我清楚地记得，街道上还没有红绿灯，两条马路之间也没有绿化带，只有一条横亘的水泥墩子隔开街的两边。对面的人估量了一下车况，开始向这边走，这边的人看到对面的人走了，便也急匆匆地往对面赶。

我最初的记忆到这里就断片了，最后一个画面就是那条水泥墩子。

后来上了幼儿园，升了小学，我就开始关心周围的世界，是用原始暴力的手段——动手。大概从幼儿园到小学低年级，我当过孩子头，打过群架，拿石头砸过人，还在公园里让一排同龄孩子站好，一个个过来摔跤，摔一个又一个。

再后来，我变得乖了不少，原因是五年级时的班主任愿意让我当小队长之类，而我又愿意从此安分守己不再闹腾。

"我还是想从基层做起。"我记得当时我这么对班主任说。

还有一个原因可能是读五年级时，回到老家西安，在长安大学附小上了半年学，经历一场南方最寒冷，北方也罕见的冬天，之后大病一场，知道安分了。

其实孩子们大体都是这样，在生活的不平常里慢慢都学会了老实听话。

在北方的半年里我学了一篇周涛的《巩乃斯的马》，学完之后感触颇多，尤其读到：

> 雄浑的马蹄声在大地奏出鼓点，悲怆苍劲的嘶鸣、叫喊在拥挤的空间碰撞、飞溅，划出一条条不规则的曲线，扭住、缠住漫天雨网，和雷声雨声交织成惊心动魄的大舞台。而这一切，得在飞速移动中展现，几分钟后，暴雨停歇，马群消失，那惊心动魄的大场面一下不见了。
>
> 我久久地站在那里，发愣、发痴、发呆。我见到了，见过了，这世间罕见的奇景，这无可替代的伟大的马群，这古战场的再现，这交响乐伴奏下的复活的雕塑群和油画长卷！我把这几分钟间见到的记在脑子里，相信，它所给予我的将使我终身受用不尽……

当时每天负责送数学作业的我特地给语文老师写了一篇学后感叫《马魂》，老师看后甚赞，可惜已散失不见。

过了半年我回到深圳，当了班长（班长众多），又开始主持小学里每周一的升旗仪式，整个人开始朦朦胧胧地感觉到有什么驱使着自己去做事情，后来知道那叫责任感。此后的将近两年时间里，每周一我都风雨无阻，从床上蹦起来，穿好当时认为很帅气的学生礼服，提前半小时从家里跑到小区另一边的学校，和我的同班搭档一起守着主席台。从那个时候开始，我觉得在人前发言不是什么难事，起码不觉得害羞。

在小学最后的一年里，我写起了相声剧本，从一开始的单口到对口，最后到毕业典礼上的群口，一直都有一群同学支持我所谓的"创作"。那些现在看来要犯尴尬症的段子、捧哏和逗哏，在当时还让我扬扬得意了很久。

最后我升上了小区里的北环中学，完成了从学前到小学，再到中学的"小区全套教育"。

初中，对我来说是人生目前为止最难熬的时期。

也可能是最幸运的时期。

我被分到了重点班。年级总共十个班，两个重点班，我被分到了平均成绩最高的一个。

班主任，男，资深英语老师，对我们比较严厉，我们敬称其"老大"。"老大"一丝不苟甚至近乎严苛的教学模式给我们打下了很好的英语基础，包括我在内的不少人进入高中还在啃着以前的底子，并能轻松自如地应付了高中课程。

当时，有一门前南科大校长朱清时先生主编的课，名曰"科学"，实际上是生物、物理和化学基础知识的大杂烩。教我们这门课的是年级长。

我对朱清时先生本人倒是十分尊敬，毕竟教育界有胆量应钱学森之问的人不多，朱先生不但有胆量回答，而且确实付诸了实践。

不过我对这本《科学》倒是十分地不感兴趣，只是成绩还过得去。

我在这期间遇到了人生中最强大的敌人——数学。我的数学成绩在班里时常垫底。我们班的考试都是由老师亲手发卷，一边发一边飞快地报成绩。

每到发数学试卷的时候我的心里都没底，只要听到一连串的"张三，98""李四，90"诸如此类的声音，我就知道自己的肯定在那沓试卷的底下，起码倒数五张。

"考得辣么差！"数学老师是江西人，我们习惯叫他"老陈"，是一个嗓音洪亮得喊一嗓子上下两层楼都发震，梳着性感的大中分头，习惯拿着一把一米长的教尺讲课的中年男人。

每当这个时候，我就要迎着周遭各异的目光上台去领我的试卷，最开始的几次我在心里打气，心想这算什么，下次考得好就行了。

期待下次，往往是再一个下次的开始。

如此反复之后，也就慢慢习惯了，我常是不紧不慢拿了试卷，拿个小本写写错题，最后靠在椅子上背古诗词。

我还清楚地记得我的一位语文老师的一句话："万恶之源在语文。"

所有科目都要用到语文，一切审题都逃不开语文水平。

这就是为什么一些老师教着教着就骂起学生的语文，说学生语文没学好，不能领会题目要领。

事实上一道题里老师的引导占了五成，学生自己的理解占三成，语文水平最多占两成。

我从初二开始有相当一段时间进入了叛逆期或者是厌学期，长时间请假不去学校，甚至最严重的时候连着旷掉了一场期中考。班主任劝了几次之后基本放弃了，我也并没有什么触动，每天在家里无所事事，除了看小说就是打打游戏，有时写写诗。

那种很矫情的诗，现在读起来还会尴尬症发作。

我记得自己用一个月的时间啃下了家里半面墙的书，有的是闲书，有的是影响我此后许多年的好书。

我们无法判断读一本书对自己是否立刻生效，是否能立刻变现成为技能、学识和财富。但至少我们在很久之后再谈起这本书，能真切地感受到它嵌入自己身体里某个角落的一点点温度。

而一个人正是因为读过许多书，去过许多地方，经历过许多事，他的躯体才会拥有聚少成多的温热，永远温暖着自己和别人。

我的语文老师姓蔡。

有一天她告诉我，有一场市里的作文比赛，她多争取到一个名额，让我来学校。比赛那天下午，在校门口遇见了同班同学，我说我就是去比赛的，然后避开同学诧异的目光，上车绝尘而去。

我记得那场比赛自己写了佛道儒三教合一的内容，题目类似"内儒外道，佛法精妙"，其余细节已经记不清了。

后来某个周一升旗的早上，全校通报说我得了一等奖。虽然之前也得过几次叶圣陶杯的全国奖，但这个奖始终让我心里沉甸甸的。

从那时候开始我有了自信，从初三开始老实学了一年。

然后过了百日冲刺，参加了中考，语文拿了市里前百分之五的成绩。

当然，那已经是后话了。

没错，我也犯过大部分人在初中二年级前后会得的病。

但好在老师们没放弃治疗。

我没放弃努力。

高中的天空

中考从我们当中筛出了一批上不去的瘦骆驼。多亏了在重点班待了小三年，我想我应该是这批骆驼里身材比较接近马的。

当时的中考成绩是基于原始分五百分，按市里排名换算成标准分最高九百分，全市第一独占九百，往下就像分蛋糕，人越多分到的越少。

没记错的话我考了五百九十六分。

填报志愿的细节已经记不清了，我只记得填完志愿的那天晚上躺在床上也不知道想些什么，摆开大字一躺，就睡着了。

录取结果一出来，我被第二高级中学录取了。

暑假我搬了家。到了假期第二个月，我想起应该去看看学校。

学校很新——当时建校不到五年，校内还有一栋艺术大楼正在建修。叮叮当当的敲击声混杂着工地的尘土味，吹开了我的高中时代。

我们时常来不及留下太多回忆，就得和过去的自己匆忙作别。

只不过在父母眼里你长大了，在自己眼里则是"我过去怎么傻成这样"。

九月一号，新生报到的日子，家长们大车小车带着大包小包，新生们在父母的簇拥下陆续进了校。

来到学校大门口，还来不及感叹一句这学校真大，就被涌动的人群裹挟着进了大门。

没有什么自豪地站在蓝天下，自信地宣告新生活的开始——很多人的高中就这么匆匆忙忙地翻开了第一篇。

找到宿舍楼，进了六楼的宿舍，六人一间，有个阳台，还比较宽敞。和未来的舍友们打个招呼，收拾了衣柜和床，就此告别父母和家一周。

我被分到了十四班，在此之前有个开学考试，也分了几个重点班。

班主任海哥是历史老师，总是一股热血青年的感觉。由于高一没有分文理科，每个人都要面对除语数英外的六科——政史地和理化生，九科的书和练习册摞起来高度够得着矮个儿女生的腰。

分文理科这东西确实是中国教育的一大特色。表面上看起来一刀切，理性思维强去理科，感性思维强去文科，实则不然，有的人理性思维强但是确实喜欢去读和分析历史，有的人感性思维强却接受不了政治和经济强大的逻辑性。高晓松在清华读了几年电子工程发现不行就转去学了导演，但很难想象在高中阶段就把人分成两类，如果一类男人一类女人那无可非议，可惜还有一类文科一类理科。

于是很容易地，一部分人听说了分科之后，就开始有选择性地听课。第一个学期大家认认真真地学完了一本书，结果发现考试题目和书上写的难度相去甚远，有些科目完全掌控不了。于是到了第二个学期，这部分人就只带着耳朵去听文科或理科的课，偏科就在这个时候冒出苗头。

第二学期的期末是分科考试，严格上讲是参考九科的成绩区分文理班。可是许多人到这个时候已经只知道夏商周不识氧化钠，又或者是看得懂元素表背不下年代表。

由于我打小就对理化生有所畏惧——这种对建立在数学之上的科学的敬畏持续到高中也没有散去。就算考试拼尽全力也还是抱着"去了普通班也好，宁当鸡头不做凤尾"的心态过去了。

结果是我以几分之差被分到了两个重点班之间夹着的十九班。

"踩着重点上重点"，这是我进班之后无意间听到的一句话。不少人花了三年时间去证明这句话可以是一句笑谈，也可以再正确不过。

我的班主任有两任，第一任是我高中后两年的数学老师，因为和张曼玉神似所以外号曼玉，第二任是同样教我两年的地理老师倩倩。

也是在这两年里，我对数学的态度从敌视到接纳，最后宽心接受。

语文老师同样有两任，第一任是一个超然脱俗式的女老师，叫吉吉。第二任是一个富有学术气息的男老师，叫剑林。

因为一口标准的普通话，我从高一起带读了三年的语文早读，后来也不知怎的就变成了不怎么正式的语文课代表。

除了还过得去的语文成绩，也许是因为语文课常常在第一节，而老师总会抱着各种试卷进来，也就最为顺手地递给了讲台上的我，久而久之我在大家眼里就成了课代表或者具有相同功能的家伙。

每个学生都或多或少地怀疑过，高中时代的学习到底有没有用处。

虽然我也曾怀疑过这一点，可说到底我是个性格中慵懒远远多于勤奋的人，以至于后来已经懒得再去怀疑，只管由着性子慢慢学。

只有一点我可以确定：在有限的时间里做相对有效的事情，这就是高中能教会我们为数不多的，能持续影响我们一生的事情。

至于其他的知识，大多都在以后的岁月里变成我们的记忆和常识，只是并不显得那么实用而已。

我曾经看到过一个形象的比喻：如果把人类已有的知识比作一个大圆，那么每个人生下来就位于圆心，他人生中每一个阶段的学习都像是在朝着圆周前进，小学、中学、大学，以此类推。大多数人走不完半径就停了下来——因为这并不阻碍他们生活或者成功。一部分精英走到了圆上，看到了人类所能了解的世界，并就此满足。还有一小部分人开始尝试钻研圆外的世界，一点一点地扩展自己所属的半径，就这样，我们认知的世界才能不断地扩大。这和罗素的《人类的知识——其范围和限度》中阐述的一大堆代数化的哲学名词不同，相比起来更形象。

高中的知识就像是大圆包含着的小圆，走出了圆心之后所有人都发现世界原来很大，从某种意义上和自己认知的完全不同，有那么多浩繁冗杂的知识需要去学习，那么多形式复杂的公式需要去记忆。有的人自然就退却了，这里就是他学生时代知识的终点；更多的人无法选择退却，只能硬着头皮向前走。

也许有的人吃穿不愁，有的人前途无忧，但是更多的人都清楚，在这片土地上，唯有走过高中这三年，才有机会相对公平地和命运对弈。

这一路上，偷点小懒，撒个小脾气，做做想要的自己，我想都无所谓。

同样，每时每刻的努力与否并非最重要。重要的是，若能坚持到最后一刻不被麻木和未知的恐惧吞噬，而你还是自己，那命运也依然属于你。

每次从大门前的广场经过，抬头望向教学楼的顶端，那里有一片由几根柱子支撑起来的天井，拱起的弧度和人眼十分相似。每次我回到学校，凝视着那只不存在的眼睛，总会有一种莫名空灵的感觉，就好像那只眼睛也在凝视着某个地方。

从天井透过去能看到天空。

泰戈尔的天空是宇宙的灵魂，那眼睛后方的天空也应该有他的灵魂。

也许这就是被高中的天空凝视的感觉——因为在高考结束的那天，这种感觉如不曾存在过一样。

就此消失得无影无踪。

盛夏的味道

记忆的味道都在夏末开始，夏初结束

　　南方学生们对日子的记忆大多被夏天占了去：春天热，夏天
热，秋天热。

　　冬天的尾巴热。

　　沿海的孩子们活的每一天都是盛夏。

　　巧的是，我们的学生时代也都在夏末开始。

　　在夏初结束。

　　我小时候对夏天的记忆是带着消毒水味的泳池味道的。

　　当时的小区里有一座露天泳池，而家里时常有一沓厚厚的免费
入场券。

　　放学后能兴高采烈地抱着松软的带着太阳味道的白色大浴巾，
打开厅里柜子的玻璃门，小心翼翼撕下一张入场券，一路欢脱地跑
去泳池，就是我夏天里比较幸福的事。

　　从小区搬出去之后，我再没去过这座泳池。

再后来，夏天对我来说就变成了暴晒着的，湿答答的记忆，带着纸张发霉的气味。

因为南方的雨季和日照时间成正比，不在阳光暴晒就在烟雨迷蒙。

暑假结束之后回到教室，进门扑面而来一股书卷的霉味，遂遮掩口鼻打开门窗，好一顿通风散气。

如果知识有味道，那南方的知识一定是霉味无疑。

高中的盛夏也有它的味道。

假期前后几个月属于盛夏，它带着操场上的汗水气味。

不下雨的日子，阳光刺眼地照在教室的侧边，照得玻璃窗滚烫滚烫的。

教室里开着空调，学生们披着外套，埋头写着什么。一片静谧里偶尔传来一两声窸窣细语，随后迅速安静下来。

曾经百无聊赖跑出教室，趴在二楼的钢制栏杆上。阳光下栏杆明晃晃的。

和白炽灯一样，散发着柔和的热量。

空气中弥漫着淡淡的枯叶烧焦的气味。身后教室的门缝里透过一丝凉气，教人来不及触碰就迅速消失在盛夏燥热的空气里。

和空气一样，盛夏里学生们的身上带着焦躁的味道，这股气味黏糊糊地附着在匆忙来去的身影上。

要等到暮色渐起，这缕烦躁才被傍晚的风吹散，将一个个放慢了步伐的人影包裹起来。

食堂也不像正午那么拥挤。学生们也有了一点时间去细嚼慢咽。

盛夏里每一种食材的味道，从舌尖慢慢飘过。

操场旁的走道上，偶尔能见到几对青涩的身影，缓缓朝教学楼走去。

如果时间再慢点多好啊，这条小路也能再长一些吧。

被阳光追逐了一日的学生们，简单收拾过胃和心，又要继续在书山拾级而上。

此时的盛夏，又带着淡淡的荷尔蒙气味。

然后，雨季到了。

老师们尽力使自己的声音盖过雨声，学生们不时望着窗外的天空——那片浓云笼罩下的天空倏地被闪电照亮，又转瞬即逝地黯淡。

电光照亮了窗上滑落的雨点，胆小的女生捂起了耳朵。

下一刻，一道惊雷在天际绽放、滚动，在每个人的耳膜里回响。

所有人挺起了身子，望着窗外。

远处传来一阵汽车的鸣笛声，不久在雨幕里逐渐远去。盛夏变得湿漉漉的，带着雨水中尘埃的味道。

雨过了，又是另一种味道。只是依旧属于这个盛夏。

天空微微放晴，水泥地保留着清晨的余温，裹挟着些许泥土和青草的腥气，在天空蒸腾翻滚着。

就这样，每个盛夏的每个角落里都有它的味道。

每一分，每一秒。

最后，等来了盛夏里的高考。

空气里弥漫着时间逐渐萎缩的紧张，纸张的气味，混合着油墨的味道。

深吸一口气，长出一口气，我们的高考结束了。

高中时光也在盛夏里终了。

而我对高中的记忆也以盛夏味道的形式，留在脑海里。

这些味道都在夏末开始，夏初结束，隔了一整个盛夏。

再次见到高中校服的时候，我都会想起在这里度过的那些时光。

青春的，纠结的，缱绻的，疲惫的，无畏的。

乌云密布的，阳光照耀的日子。

像盛夏一样。

泡面，洗澡水

生活，洗澡水

你拧开龙头，洗澡水从你身上滑过，带走你身上那些衰亡剥落了的部分，留下一个和昨天不太一样的你。

我在想出这段话以后，一直觉得它很有道理——直到在学校待两年之后，才发现这话真不算什么。

当年学校的洗澡水有两大特色：冬冷夏热，水量看脸。

洗澡高峰，一种非自然，破坏性极大的人为现象，常常出现在放学后的一个小时内，预示着未来几小时内不可逆的水资源配置紊乱，以及，各楼层洗澡间不间断的哀号。

"老师，没热水！""老师，没冷水！""老师，水都没了！"……

宿管老师作为一层楼里唯一可以求援的人，常常被两头浴室的号叫声传唤过去，一边应付着一边打电话求助。结果就是没结果，物业也没招。比较能说服人的解释就是，两栋楼十二层一起用水负荷太大，要么供不上水，要么只能供冷水或热水。

其实，如果只有冷水或者热水不足倒也没什么，大不了洗个常温澡，一帮血气方刚的少年也不容易感冒。

奈何学校用的是太阳能热水器，楼顶上一堆水塔和太阳能板。

六楼的我们相对凄惨，三十几度的大夏天，楼下五层楼已经把冷水层层截流，到了六楼，开水随时供应，冷水听天由命。

拧开水龙头，热水带着蒸汽喷涌而出，想想门外那些排队叫喊的同学，一咬牙一跺脚，洗了。

每次洗完澡推开门，经常看见对门也有推门而出的兄弟，从上到下活像熟透的龙虾，而且冒着蒸汽。

记得一次迈进浴室的一瞬间，眼镜上蒙了一层雾，跟桑拿房已无差异，心中万马奔腾，想着这可是室内三十多度的夏天。

好不容易等到进去，发现水温似乎已接近人类极限，只能转向下方水龙头，然而本应出冷水的龙头出的水居然更为滚烫。

洗完之后，飞奔回宿舍，对着空调猛吹一阵。室友吸溜着泡面打趣："热水纷纷何所似？"我看了面碗一眼，回道："接来泡面差可拟。"

从这以后，我每天坚定地等到晚上才去洗澡。把放学之后空余出来的时间奉献给食堂和书本，吃完了就回教室自习。前辈们也说过，晚上洗澡唯一的好处是水温可控。

前辈们不光可以告诉你哪个班的女生漂亮，哪个老师作业特多，还可以告诉你怎么活得像个正常人——大多数时候是故意骗你吃点苦头学学乖。

这种"教室、饭堂、宿舍"的模式十分受各类懒人欢迎，学霸们纷纷舍弃了课后活动，加入到夜里洗澡的队伍中，以下简称夜澡。

冬季来了。这一年的冬天来得出奇地早。

在深圳只要一个星期就可以历经春夏秋冬。今天还是三十度高温预警，太阳恨不得把你榨干的光景，明天一早就秋风怒号，打开阳台门能被冷得一哆嗦。

这时候，因为洗夜澡而缺乏运动的学霸们渐渐感觉身体跟不上学习的节奏，以前上六楼一口气到顶腰不酸腿不疼，现在走几步还要哆嗦一阵搓搓手。

于是后半个冬季的每个下午，放学铃声一响，各路人马都抓起圆的方的长条的，飞奔到体育馆和操场，挥洒汗水去了。

学校下午五点二十分打下课铃，高二和高三必须六点四十分进班自习，少几分随意多一分不行，据说这是为了培养艰苦奋斗，多学一会是一会，打死不早退的精神。然而一帮人在球场上你来我往，横冲直撞的时候哪里顾得上看时间。等到浑身湿透，才发现离自习开始只剩下半个小时。

吃饭和洗澡差不多是鱼和熊掌。

最后大家纷纷跑去洗澡。洗完澡，湿着头发抓着书包和面包往班里跑。

我深深地体会过不吃晚饭对注意力的摧残，晚自习时五脏庙里饿鬼作祟，看着书想，要是知识能吃就好了。

高三的晚自习在十点二十分结束，作为学长学姐自然要做好多学多看的榜样。于是十点的时候看着对面两栋楼上的小不点们乐呵呵地下课走了。如果坐禅这门学问要传承衣钵还得要从高三学生里找。

学校在晚上提供消夜，但是往往已经被饥肠辘辘的低年级学生们买得干干净净。

消夜所剩无几，这时候泡面就发挥出了它与生俱来的优势——方便，量大，易吃饱。

宿舍的夜是令人味蕾迷醉的。

每到打晚休铃前的楼道更是百味飘荡，从每扇门前走过都能闻到不同的味道。

"香菇炖鸡、老坛酸菜、红烧牛肉、麻辣香锅、麻油鸡丝……这个味道嘛。"

一股来自一碗花旗参炖鸡面的味道后来被定义为宿舍杀手。

桃子是我们宿舍里最喜欢吃泡面的，不论他是否吃过了晚饭，消夜时段再来一碗泡面几乎成了习惯。

马尔茨在《心理控制术》里提到了二十一天养成习惯的观点，而桃子似乎在吃第二十一碗面之前就已经养成了习惯。

每天晚上回宿舍看看今晚桃子的菜单是我们的乐趣之一，因为这样既能了解新款泡面又不用花钱，还能顺带满足一下口腹之欲，一举三得。

如果不是因为听说过晚上吃泡面导致胃病的传闻，我会很乐意放弃我喜欢的面包投入泡面大军的怀抱——尤其是在只有七八度的冬夜，热乎乎地吃一碗泡面再去洗一个水温可控的澡。

无与伦比的享受。

借洛尔迦的诗来形容显然都不足以体现这美妙的感觉，但这分明是一种"船在海上，马在山中"的惬意。

方便面应该是学校里唯一一种比教科书的种类还丰富的物资了。从国产面到进口面，从最常见的泡面到干拌面，再到拉面或者粉丝米线，甚至是意大利面，应有尽有。

面积不大的小卖部里几乎包括了市面上能买到的所有泡面，而且隔三岔五还会有稀奇的新品种。只有你想不到，没有你买不到——有几次我甚至在货架上看到了韩国产的某牌子的方便年糕和泡面的混合产品，但是始终没能鼓起勇气去买来尝尝。

言而总之，宿舍的夜晚除了浴室的水蒸气就是泡面的气味，一届一届从未改变。

高三那年，学校开始普及浴室里的智能温控系统，洗澡水的温度终于变成了全天可控。

我始终记得第一次颤抖着双手摁开出水按钮，感受着本不属于这个时段的舒服的洗澡水时的心情。

那一天几乎所有人都多洗了二十分钟，因为那个水温确实令人欲罢不能。

能泡面的洗澡水一去不复返了，而泡面还是忠实地祭奠着我们的五脏庙。

把人生比成洗澡水似乎不太恰当，洗澡水的温度是可能随时改变的，觉得不舒适就可以调整，如果无法调整，大不了晚些洗。

人生可不是说晚些就能晚些的。

确切来说，生活比较像泡面，如果决定要开封，那必然要迎来开水的洗礼，搞不好还要下锅煮。

等到被煮得不再坚硬，身形柔软了，各种调料也就来了——酸的，咸的，辣的，五味俱全。

那些自诩丰富的人生也不过是多了些蛋花，放了点青菜。

等你在这些调料里打个滚，翻翻身，人生也就差不多到头了。

而你最后的旅程就是将自己积累不多的营养奉献给需要你的人。

别人吃过，认可了，那就是你的价值。

如果别人不认可呢？

先别急着抱怨。

大不了别当泡面，去做个吃泡面的人。

推倒艺术

推倒我吧，我除了青春和梦想之外一无所有。

　　刚进高中那会，正在施工的艺术楼旁边有一排围墙，上面五颜六色的大多是美国范的街头涂鸦。我还惊讶于在寄宿高中里看到了这种个性奔放的涂鸦，还是整整一排墙。

　　靠近了看，发现每面墙上除了画风迥异的图案外，都有一个不同造型的班级数字。后来经过学长介绍才知道这是前几届的前辈们在某个艺术节突发奇想，产生了装饰这几面墙的念头，后来组织了各个班连日设计、绘画，最后就有了这些天马行空的画面。

　　这面墙雅称艺术墙。

　　艺术墙在这里伫立了上千个日夜——在多阴雨的南方历经这么长时间却并没有剥落太多颜色。有一次我和一个美术班的同学路过艺术墙，他说那才是真正的艺术。青涩却有活力的艺术。

　　艺术墙迎着我们的高一，正对着我们班的窗户。轮到我换座位到窗边时，上理科的课最好的放松方式就是看着窗外的艺术墙出神。

到了放学的时候，这片艺术墙还是同学们最爱的闲逛场所。只要是课余时间，站在楼上一望，一定有几对身影，或一前一后或并排行走。我们甚至开玩笑说，学校如果检查都只会在小树林，却不动脑子想想这里。

艺术青涩、身影青涩，时光也挺青涩。

高一下学期的时候，校电视台准备在新年前拍一部贺岁短片。听说要在艺术墙前拍摄，大家都很高兴。我记得自己穿着一件黑白格的外套，戴着周润发式披挂下来的大围巾。当时我们小组人最多。分配摄影任务时每个小组都要起个名，我灵光一现说提议干脆叫"众子组"，于是就有了一段在一面蓝色艺术墙前，我们拱手高呼新年快乐直冒傻气的视频。

至于艺术楼和艺术墙之间有何因果，还得从艺术楼的建造规划说起。这栋艺术楼从兴建到正式投入使用，前后至少历经了四年。高一某日我在艺术墙前闲逛时遇见一位副校长，问他艺术楼何时能够修建完，这位副校长自信满满地保证说："今年秋天就差不多建完了，以后你们的艺术课可以搬进去上。"说完拍了拍我的肩膀翩然离去。

然而，直到艺术墙轰然倒塌的那一天，艺术楼也没有建成。

那应该是一个周末，我们返校的时候发现，平时熟悉的那堵墙不见了，留下一地砖块碎石。

涂鸦碎了、砖块碎了，身影也破碎了

学校给出的解释是，艺术楼的修建需要配套的围墙和绿化带，而艺术墙作为一个学生自造的景观已经没有存在的价值，因此学校决定将它推倒——不过考虑到它曾经是一道风景，还是拍了些照片，做成了一本图册。

碎了也就碎了吧，没有太多人会去关心一堵墙的存亡。

直到碎石瓦砾被清理得干干净净，地板被撬开，露出里面的黄土，再被铺上新地砖的时候，我们才发现艺术墙真的只存在于记忆中。

这记忆越来越模糊。

艺术墙存在过吗？

连记忆都快忘却了。

在艺术墙的旧址上，建起了一道宽阔的铁栅门，门前开辟了一块长方形空地，种上了凤凰木。

而那年的凤凰木迟迟未开花，但仍然吸取着艺术墙倒下的养分，也许是小树未到花期，也许是冬季如期而至。

《飞鸟集》里有这么一句："生如夏花之绚烂，死如秋叶之静美。"

艺术墙确实像秋叶般枯萎破碎了。

宏伟的艺术楼在高三的某一天宣告建成，夏花还是没有开。

能被推倒的可不只有街头行走的老头老太太。

人们为了艺术也可以推倒艺术。只不过在有些人看来，不配称作艺术的图画，就是一个笑话，推倒就推倒吧。能赚钱的艺术才是真艺术。

于是年轻的艺术纷纷被推倒，成熟的艺术面对着他们的胴体，数着钞票得意地笑。

还没开始就有了结果。

每逢周末放学，我都要沿着这面围墙走到校门口。每到这个时候我都清晰地体会到什么叫距离。艺术楼明明就在那面铁围栏后边，却又咫尺难及。

同理，听一场万人音乐会得到的大概只有震撼和更震撼，而独自听你喜欢的人弹吉他得到的一定是幸福感。震撼了，艺术就离灵魂近了，而人是敬畏灵魂的；幸福了，艺术就离心近了，这就是距离。

衡量艺术的似乎只有价值高低——如果艺术墙上藏着某个大师的真迹，它毫无疑问会被整个挖下来保存，说不定还会设置一个名画发现奖，再立个碑纪念。

可现实是这里除了青春和梦想之外一无所有。

至于那本传说中的图册，我直到毕业也没有看见。

也许它是存在的。

谁知道呢。

后记：

高考后，我们作为第一届使用者在刚落成的艺术中心里办了毕业典礼。

典礼恢弘浩大，仪式纷繁复杂。

走出艺术楼的时候，我看了看这栋庞大的建筑。

人类用混凝土、钢筋和玻璃打造了这件盛放艺术的器皿。

再过些年，这所学校里就再也不会有学生记得曾经有这么一堵墙了吧。

眼前只有这排铁栅栏，花纹倒是焊接得很艺术。

水杯·牛奶瓶子

砸不烂烧不坏的不止铜豌豆

入学时，我们便被告知"军规五条"神圣不可违背。

一开始我还不清楚到底是何方神圣，后来发现教室后方墙上贴着一张蓝色的海报，上边写着所谓"军规五条"。前几条的大意无非是不允许迟到旷课带手机云云，压轴的那两条让我至今记忆犹新。

"水杯不准放在桌面上"。

我看到之后便开始琢磨除了桌面以外还能把水杯放在哪里——在我反复对比了地面和窗台之后，我选择带个茶壶来喝水，毕竟茶壶不能算水杯。

可到了后来，巡查的值日生只要看见桌面上有杯状物就毫不客气地扣分，于是我忍不住去问了老师这条校规的来由。

"这条校规啊……以前一个学生在考试的时候不小心打翻了水杯，把水溅到了试卷上，引起了校长的重视，所以从那以后就一律不准放杯子了吧。"

我心里万马奔腾。

按照这个思维：既然喝水可能会被呛着，出门可能会被车撞，甚至坐在家里也可能会猝死——所以我们大可以不要喝水，也不踏出家门半步，甚至干脆别活着。

虽是玩笑话，但以上的担心都是多此一举。世界上没有那么多没事就打翻水杯的胳膊和手，更没有那么多呛死人的水和随便撞人的车。

然而这条校规发展到后来，居然演变成了"水杯不能暴露在外"。

简言之，只要在早晚的巡查时间被巡查人员发现任何暴露在其视线内的水杯或者疑似水杯的物体，这周的先进班级就没你们班的份了。

从这以后，到了打早读铃和晚修铃的时候，大家的必修课不是翻开书本，而是纷纷藏好自己的水杯和瓶子，有的放在书包里，有的塞进书桌，有的干脆仰脖一口干，出门扔了。

不能裸露在外的仿佛不是水杯，而是一颗炮弹或者一部三星Note7。

接着是第二条校规：有色饮料不得带入教室。

后来，经过多次的尝试我们证明了无色饮料也不能带进教室，因为当值周生发现无色饮料瓶子的时候，即使它里面装着的东西再透明清澈纯洁无瑕，不带一点颜色，也会被当作一个盛着液体的杯状物扣分。

C君特别喜欢喝牛奶，每天必定要在晚修前买上一瓶。但是苦于饭后没有剩余的肚子来装，只能一口一口细喂慢品。于是在某一天的晚上，巡查时间将至，但C君的牛奶还剩了大半，眼看脚步声渐近，C君慌忙之下端起冰镇牛奶一口见底。那天晚修结束前C君跑了四趟厕所，每次回来脚步都愈发地虚浮。

从那以后，C君只要看见冰镇的牛奶就会捂着肚子走开。

我宁愿相信是那个牛奶瓶子的错。

人这一生要遵循无数的规矩，有些规矩就算掰开揉碎了都对你有好处，有些规矩金玉其外，有些规矩败絮其中。

有些规矩里里外外都不规矩。

守规矩之前也得守住良心，问问自己守得是不是拧巴是不是憋屈。

也许打翻一个水杯会丢掉考试分数，也许一瓶饮料倒在桌上清不干净，也许一瓶牛奶会让人连着跑几次厕所。

事在人为，在定好规矩之前，在按照规矩去做之前，甚至在不守规矩之前，得先想明白一件事。

当你把杯子放在桌上的时候，你就要做好它可能会翻的准备——如果有生之年它真的翻了，还偏偏打湿了你考试的卷子，这也不能叫悔不该当初不守规矩，这叫自认倒霉。

人嘛，活着就得先对自己负责，别等人捏着什么规矩来找你。

后记：

毕业后，有一次回学校探望莘莘晚辈，讶然发现墙上的军规五条变成了军规四条，唯独少了"不能将水杯放在桌子上"。

或许水杯和有色饮料只是一个借口，毕竟一切都为了考学而存在，而培养一个考试不傻到带有色饮料或者不打翻水瓶的学生也有好处。

规矩地活着需要太多借口，多到我们会分不清本来想要什么。

时间会证明有些水杯是打不翻的，同样有些规矩也不得不守。

至于有色饮料。

装在水杯里藏起来不就行了。

食货记

吃和眼前的苟且

祝食运昌隆

一

某日，我在食堂吃饭，A君端着盘子走了过来，翩跹地在我面前坐下。

"点的菜不错啊。"A君看了一眼我盘子里的土豆烧排骨和炒白菜。

我望着A君盘子里堆着像小山一般的蘑菇炒肉、红烧茄子和虎皮蛋烧肉。

"吃货"，我心里浮现两个字。

在给A君贴标签的时候，考虑到他吃饭的胃口和心情，这两个字到了嘴边打了个转又被我咽了下去。

五脏庙，口腹欲，人皆有之。谁都不能否认自己是个吃货。

　　但是这似乎是个只能意会不能言传的词，不管是谁被别人当面指出是个吃货，心里都会有些不自在。

　　所以我一直在想，怎么能用一个比较优雅的词汇替换"吃货"，让它听起来比较大方。

　　后来我在历史书里看到了"食货"这个词。

　　这里的"食货"和《汉书》里的那个"食货"并不是一个意思。

　　"食"就是吃，"货"就是人了。

　　也许他原本还有吃人的含义，但是我在这里所说的绝对只是"爱吃的人"。

　　说到吃，不得不提我们学校的食堂以及食堂里的菜。

　　学校食堂号称可以容纳三千人同时用餐，但事实是座位往往有空余，打饭的窗口前却排着长队。

　　学校食堂的承包商叫"米点王"，后来考虑到和某个大型餐饮连锁店有混淆，但又不愿意放弃本名，所以就改成了"米面王"。

　　但是我们还是习惯性地叫它米点王大酒店。

　　"请你去米点王大酒店吃一顿呗。"我们时常这么调侃。

　　如果只给用一个字来形容食堂的菜：油。

　　两个字就是"很油"。

　　不论荤菜还是素菜，食堂总会像不要钱似的往菜里加不少油。

　　"你们可能还不了解学校食堂，因为你们还没有充分吸收这里边的油水。"高一开学的时候，学生处主任说的这句话我至今记忆犹新。

他说完这句话，跨了一步，从话筒后边站了出来，对着全体新生拍了拍小肚子。

再后来，有个老师在提到食堂饭菜的时候，淡淡地说："这没啥，油多菜香嘛。"

的确，归功于油多，食堂的菜都是很入味的。

至于主食，举个例子：食堂在一周五天里的早晨都会有炒粉，而且一天一个样：炒河粉、炒米粉、炒肠粉、炒米线……

我觉得但凡是能炒之粉面都已经被食堂炒了个遍了。

食堂的早餐还是很丰盛的。刷卡点餐，一份四块五。除了包子、馒头之类的面食，也有蒸糕、面包和蛋糕之类的糕点。

早餐的鸡蛋是绝对值得写上一笔的，因为它们是众所周知地难剥：常常是拿起鸡蛋，在白色的餐桌面上磕一磕，轻轻一剥，雪白的蛋清连着蛋壳就这么一起被剥了下来，运气不好的还会连着蛋黄一起跌落在盘子里。

也不知是没有煮熟还是别的什么原因，在三年里我剥出过的完整鸡蛋用双手数得过来。

再有就是早餐的粥了。学校的粥是免费的，不是白粥就是杂粮粥。食堂的工作人员把粥打到小碗里。要拿得排队。

此外还有配菜，一般是红油炒萝卜干、包菜丝或者豆干和海带丝之类，可以随意加。

有几次，我怀着崇敬的心情捧着一碗小米粥，仔细端详着粥里漂浮的几颗小米，对面晖总看到了笑着说："三颗大米一粒小米，完美。"

二

然后就是正餐了。学校为了保证每天的菜品不重样，在高二的时候专门制定了一套菜单，每天打印出来放在食堂的公示栏里，基本是十几道菜轮换着吃三年。

正餐相对暴力一些，一份十块五，三个菜——一个荤菜，一个半荤素和一个素菜。

吃了三年，我对正餐记忆最深刻的似乎只有三个菜：红烧茄子，鸡腿和土豆烧肉。

并非别的菜没有吸引力，而是这几个菜往往最能勾动食欲：

切成条状的茄子过了油，勾上芡汁，搭上青椒和肉沫；一整个鸡小腿，在卤汁里浸得金黄油亮；粉面的土豆和肉块炖在一起，上边撒着葱花。

遇上这几个菜的正餐，往往是要多加一勺米饭的。

高二开学之后，食堂迎来了第一次涨价，随之而来的一个新的点菜窗口——"加菜"。

加菜顾名思义，就是除了一份三个菜，可以选择花钱再加的一份。

五块钱一勺，虽然不便宜，但是贵在小炒的味道。

"西芹爆肚""虎皮蛋烧肉""鸡腿菇炒肉""脆皮鸭"……

这些菜也为每天机械的进食增添了一点新鲜感。

每天的加菜窗口前都会排着长队，每个人都端着盘子，伸着脖子看着面前一点点缩短的队伍。

"在学校吃饭是一种怎样的体验？"某日我和崔甫一起吃饭，他鼓着腮帮问我。

"这个嘛……"我想了一会。

"我觉得吧，在家里吃饭，才叫吃饭。"我拨弄了一下面前的土豆片。

"在学校呢？"崔甫继续问。

"那叫活着。"我笑了一下。

拿汤也是一门学问。

学校的汤分两种，中午的汤和下午的汤，随便拿。

中午的汤必定是炖汤或者绿豆汤，下午的汤一定是蛋花汤或者紫菜汤。

炖汤肯定少不了鸡汤、骨头汤之类，因此汤桶底下的"材料"就是最抢手的货色。

每天中午，第一批打完饭的人一定是径直奔着摆满了汤碗的台子而去，视线在台子上的每一碗汤里扫来扫去，直到找到一碗"有料"的，这才端起来心满意足地离去。

每天中午我们总是三五成群地在一个固定的地点吃饭，每个人的饭盘旁边总是摆着几碗汤。

一帮青春期正能吃的男生，面对着眼前的盘子碗，鼓着腮帮子和时间赛跑。

这就是我记忆里的饭堂。

三

崔甫的饭量一直是公认的男生第一。

崔甫是个结实帅气的男孩，虽然没有一米八的身高，但却有着一张棱角分明的长脸——他时常感叹造化弄人，明明有了颜值却没有一双大长腿。

崔甫每次必去饭桶加饭，要满满地加上几大勺，直到米饭完全覆盖了半个盘面，最后堆起一座尖尖的饭山。

重点是，每次他都能把饭吃得干干净净。

"你的最爱除了米兰达·可儿，就是大米饭了吧。"我偶尔会开玩笑。

"不！"他往往很坚决地回答。

"还有足球，足球啊！"他这么说。

崔甫酷爱踢足球，以及米兰达·可儿。不知是不是经常要训练的缘故，他对能量的需求都转化成了对碳水化合物的需求。

学校的食货们也是千奇百怪的，有人打饭时不要饭，只吃菜；有人单凭两个菜就能吃掉十倍的饭；有人不吃饭，只吃泡面或者面包。

这里要提到桃子。

桃子是众所周知爱吃泡面的。

到了高三，桃子开始叫了"外卖"——家里每周送到学校来的小灶。

每周三的中午，我们吃完饭回到宿舍，桃子一定蹲在地上，大口吃着些什么，整个宿舍里香气缭绕的。

桃子的食谱也很丰富，每周少不了炖汤，还会有几个菜，再加上一个煎蛋。

这时候宿舍里几位没吃饱的和吃饱了没事干的就会凑上去尝尝。

就这样，宿舍里开始刮起了"小灶风"，我们纷纷致电家中，约好送饭的时间。

后来的每周总有那么几天，宿舍里会传来碗筷交织的声音。

"今天是烧海参和虫草花炖鸡。"我打开饭盒。

"竹笙炖鸭子真不错……"那边飘来另一股味道。

"晖总，借一下洗洁精。"有人在阳台上喊着。

"东哥，尝一下这个……哈哈哈辣的吧。"桃子诱骗少东尝了点什么。

每天十几个小时的脑力消耗，每个人都疲惫不堪。

也许一份从家里带来的小灶，就是支撑我们每个星期坚持下去的理由之一。

最后一年的奔跑很漫长。

我们很幸运地通过这一份简单的饭菜，知道了家里人的心意。

四

总有一批人是吃不惯食堂的。

和我们每周一次的"小灶"比起来，这批人每天都要想办法避开食堂的饭菜，去尝试一些新奇的东西——似乎填饱肚子已经成了次要的事。

除了家里人送的饭，学校禁止学生叫外卖入校。

一方面为了食品安全，另一方面，钱总是要赚的。

尽管如此，还是有各种周边的外卖商铺通过各种渠道将外卖"运"进校，而面对这种和学校的斗智斗勇，叫外卖的家伙们也乐此不疲。

最开始的办法就是翻墙。学校的围墙最低处只两米有余，因此身手矫健的人一跳便可将零钱放在围墙上，墙外的外卖兜子也可以如此输送进来。

直到有一天，学校狠下心在外墙上方加装了一道铁丝围栏。从此以后除了一起撬围栏的恶意外卖事件便再无翻墙一说。

学校大门也有专人看管，送东西进来的人会被监视。这时里应外合就成了一门外卖食货的必修课。

送外卖的办法不胜枚举，但是最常见的就是将外卖装进箱子里，外卖人员假装成送饭的家长，在门口正大光明地完成交接。

但是我的第一次尝试就出了差错，原因是眼尖的保安发现了我伸出去递钱的手。

我和宿舍里几个弟兄的晚饭就这么被扣在了门卫室。

幸好桃子跑回教学楼找了老师，一个电话过后，我们的披萨和烤翅这才被放行。

后来，某个周一的升旗仪式上，学校还措辞严厉地批评了这件给外卖放行的事件。

我们相视一笑，没有说什么。

五

小卖部是学校唯一的消费场所。

小卖部在食堂的侧门，面对操场，背靠宿舍楼。

整个小卖部不过二十平米，却要每天接待上千学生的集中消费。

里面的布置很简单，几排货架，一排冰柜，但是却包括了几乎所有学生需要的食物：面包、零食、泡面和饮料。

泡面暂且不提。除了薯片之类常见的零食，小卖部还专门开辟了一块地方摆放进口食物。

最畅销的零食莫过于一整袋的海苔。一整袋十小包。

女生成了海苔的主要消费群体，因为在她们看来这是一种既有味道又不会影响身材的零食，而且吃的时候可以极尽花样——一片一片抽着吃，卷起来一口吃，几张叠在一起吃，后来有人发明了用舌头挑起来吃。

过了大概半年，海苔突然从小卖部销声匿迹了，另一种零食开始热销。

食货们不是在享用食物，就是在追逐新食物的路上。

循环往复，乐此不疲。

而晖总对面包总是来者不拒。

他的每日食谱上必定有面包，不论是肠仔包还是羊角包，又或者是花生酱夹心面包……总之任何时候只要看看他的书包，里边很可能就有一袋面包。

高三之前的每一个早晨，晖总起床洗漱完毕之后总要坐在床边，拿出一袋嘉顿的花生酱面包，默默地吃完之后再下楼吃早饭。

而我对于小卖部货架上各色的油乎乎的面包不怎么感兴趣。

六

学校的食堂在晚自习后有消夜。

鸡腿、鸡蛋、煎饺，炒饭……一开始似乎只有这么几样。

高一的时候，每天晚上放学路过食堂，我总会买上一盒炒饭——有酸豆角的，也有葱花鸡蛋的。

到了高二，消夜种类变得多了，蒸饺开始取代煎饺，隔壁的窗口还卖起了煮馄饨。

冬天最惬意的事情莫过于顶着寒风跑进食堂，买一碗热气腾腾的馄饨，挑一个光明的座位，连汤带馄饨一起吃下去，暖乎乎的。

再到后来，食堂在某个夜晚卖起了油炸的榴莲酥和香蕉酥——那一段时间引发了大规模的晚自习翘课，大家都纷纷提前跑出班级，溜到食堂里排队。

高三的时候，食堂开始卖起了麻辣烫，又引发了一轮低年级大排队。

十八岁生日那天，薯哥送了我一套袁枚的《随园食单》。

这套书还真是古代食货界集大成的专著，书里从煎炒烹炸炖煮各个方面对世间飞禽走兽的各类吃法做了一个大全集。

"取熟油二两，细盐二钱，待锅红热后入油，取鲜鸡蛋二枚，破后倒入锅内，煎至金黄取出，淋麻油即可。"我依稀记得里边对煎鸡蛋的描写是这样的。

不得不说古人还是十分会吃的。

可能是《随园食单》里煮玉米的篇目看多了，有一段时间我疯狂地迷上了玉米当消夜，那一丝清甜的味道总能缓解晚上的疲劳。

然而过了两个月我就又怀念起了三明治。

崔甫曾经十分反对消夜。

"消夜吃了伤身体啊！"他曾经看着我们吃消夜，严肃地说。

可是不久后的某个夜晚，我们看着他狼吞虎咽地吃完了两盒炒饭。

"今天踢球没吃饭，饿。"他鼓着腮帮子，叽里咕噜地说。

虽然他此后为了减不存在的肥也曾饿过一夜，但是随后的早午餐就会加倍补回来。

"消夜伤身论"宣告流产。

食货就是这样善变，又随时忠诚于自己的胃。

写一天的试卷会把身体掏空，但消夜会帮你恢复过来。

何况总会有那么几样记忆中最深刻的味道在某个时刻突然呼唤你。

"你知道自己血液里流淌着的是什么吗？"

某天早课课间，我问崔甫。

"难道是贵族血统？"

"不。"

"洪荒之力？"

"不。"

"那是什么？"

"昨天的晚饭。"

在高中吃饭也需要运气，顺着心和胃。

我们吃下的每一口食材，都变成了继续走下去的动力。

最后，祝所有奋斗的食货们：

食运昌隆。

飘

众力可畏

勒庞的《乌合之众》里提到一个有意思的观点：一群人聚在一起的时候，这个群体的智商水平必定会低于里面的个体。

这个观点很好地解释了为什么人群总是容易冲动，为什么一些人总是跟随着大多数人行动。

撇开属于勒庞的时代，它还是有道理的。

但人类也有最初的能避免群体愚昧行为，发挥群体智慧的组织，它大概就是社团。

一群有着相近爱好，相同目标的人，因为一个共同的契机而结合到一起，组成一个社团。

谦儿是我高一的舍友。高二那年他和几个同学建起了学校的创客空间，最后这个社团变成了学校宣传创新精神的标志。

而谦儿本人和一群有着相似梦想的人也成了真正的创客。不久前他在深圳见到了总理，也上了央视和新闻联播。

而我只加入过校电视台这么一个社团。

这个号称学校嫡系的社团在不知情的同学眼里，就是个财大气粗，设备先进的组织。

高一刚进校那会，前两个星期的社团课是不上课的，这个时候就会有高二的学长和学姐们一个班接一个班地介绍自己的社团。

当时我印象最深的就是电视台的那班老社员们浩浩荡荡地走进班里时的场景。

当时电视台的几个颜值担当几乎是闪着光，走进了班级的讲台。

当时我们这帮刚军训完，灰头土脸的孩子们一看到几个光鲜亮丽的学长，注意力自然都转移过来了。

"想加入电视台的同学可以来拿一张表格，我们会统一组织你们面试。"一个学长这么说。

我纯粹抱着有兴趣试试的心态拿了一张表填了，交上去。

几天之后我去参加了面试。

面试的场地就在学校自有的演播室里边。

"首先要恭喜你们，我们的面试取消了，你们全部都成为了这一届电视台的新成员！"当时我们电视台的指导老师是倩倩，学摄影出身的女老师。

根本来不及惊喜的我们看着演播室里的背景布，补光灯和大大小小闪着各色灯光的设备，眼睛里充满了敬畏。

几个月后我们都快把这个地方当成家了。

每周三下午的最后两节课是社团课，

刚进电视台的两个月，我们被要求分成几个小组，每个小组每星期要编制一部校园新闻，周四晚上在全校统一放映。

我由于不熟悉后期技术活，又不善于拍摄，就自荐当了编导。

我们组最初的时候有六个人，后来机缘巧合地合并了另外一个组，就变成了唯一的大组。

我们的第一次校园新闻做的是"图书漂流"这个学校的标志性活动。

图书漂流，顾名思义就是大家把闲置的课外书都拿出来，统一在体育馆里摆摊，若是遇上心仪的书稍做登记就可借走，在约定时间内还给主人便可。

活动当天我们几个拽着相机和脚架到处跑，不停地换地方拍摄。

后来事实告诉我们，并不是所有的采访对象都会按照你设定的计划来接受采访，有不少突发情况需要随时应变，事后再想办法解决。

某位同学在接受采访的时候，突然来了一句"这个活动我个人感觉形式大于意义。"在此之前我们刚刚采访过一位校领导，而这位领导花了十分钟的时间大谈特谈图书漂流活动对学生们的好处。

观众们有时候并不愿意看到一些"不好但真实"的想法出现在屏幕上，尽管他们自己一个人时也会这么想。

他们会选择有保留地接受——这就是群体的另一个特质。而我们最后选择了剪切掉这一段画面。

除了前期活动的拍摄，后期还有主持人的室内画面。

男主持是我从班里拽来的，女主持则是小组里的成员。

两位主持人在某天的下午匆匆赶来演播室，等摄像已经就位，两位主持对好了稿字开始拍摄。

"大家好，欢迎收看二高电视台的校园新闻，我是主持……"我们很有创意地让两个主持人互换了姓名做自我介绍。

说着说着，左边的男主持忍不住又"扑哧"笑了出来。

"停一下吧。"我在一旁哭笑不得。

"再来一遍。"

"大家好……"

这次女生憋住了笑，但是整个面部表情扭到了一起。

"你俩严肃点，那啥咱再来一遍。"我安慰了一下摄像。

这样反复了十几次，断断续续地拍完了室内的片子。

后期的制作也是个浩大的工程。

我们组开始只有力铭一个技术人员，后期制作的那几天，力铭每逢中午或下午都会待在演播室里剪视频。

分工合作确实是人们完成一项繁复工作的伟大方式，不过一旦这项工作的分配极不合理的时候，大部分人其实是占了便宜的。

力铭花了大量的时间在后期的剪辑、字幕和动画上，紧张地剪了几天片子，这期新闻终于赶在周四完成了。

我记得那天晚上坐在教室里，看着电教打开学校的新闻平台，放完那期新闻。班里的灯熄了，所有人都在黑暗中静静地看着，直到最后屏幕上标有自己名字的幕后人员名单缓缓出现。

那一瞬间，我觉得这辈子都不会这么满足了。

再后来，我们又录过几次植树节、开放日之类的活动，做了最后两次新闻。

"从这学期开始我们就要拍摄一些微电影和纪录片了。"

某节社团课上，倩倩突然宣布暂停校园新闻的拍摄。

但实际上这句话是电视台转型的开始。

最初台里有不少因为兴趣而加入的社员，也有一部分即将来有意愿走艺考路线的社员，又叫传媒生。

从那个学期开始，每周的社团课渐渐变得专业起来，每次都会有传媒培训机构的老师来讲课，原本在一间教室里进行的社团课也分成了"编导班"和"播音主持班"。

我参加的编导课几乎都是做一些影片的鉴赏和分析。

至今令我印象最深的一次课上放了两部短片：一部是冯小刚的《红高粱》，另一部我已经记不清名称，全片只有一个镜头和一个人物。

一个女人，坐在冬天公园的长凳上哭泣了几十分钟。我至今记得看完那部片子之后的心情。

一开始像是如释重负，我开始感叹世界的安静和人生的美好。不过随后我就陷入了一种茫然无绪的状态。

一个演员需要怎样的感情酝酿才可以连续哭上几十分钟，又要哭出各种腔调和味道，还得拿捏哭的程度？

教室的灯亮了，我从这种奇异的思考状态中惊醒。

我发现我的组员们都不在这间教室里。

自从社团课变成形式以后，不感兴趣的人选择低头玩手机，也有人选择坐在教室后排写作业。

更多的人选择了缺课，最后再也没有回来。

过了几个月，我的小组从十几个人变成了我一个。力铭觉得一个人干后期太累，就也不来了。

有时候我甚至觉得一个人在周三的下午跑去上社团课很傻。

又过了两个月，课上转来了许多传媒生。

我决定重新拉出一个组。

软磨硬泡拉了B超入伙后，我去找了力铭。

"帮我个忙呗。"

"你说，能帮的我都帮。"力铭很干脆。

"你走了之后我就没了后期，所以想拜托你帮我培训个新人。"我提到了B超。

力铭点点头，没有多说什么。

我知道电视台给他留下了太多疲惫的回忆。

B超加入之后，又发生了件有趣的事。

某一天夜里，我正在宿舍阳台洗衣服。

润宇突然跑来我们宿舍："苏爷，你是电视台的吧。"

我晾着衣服，"嗯"了一声。

"我有个同学想找你拍个微电影，啥时候拿剧本给你看看？"

我怔了一下，点点头。

第二天我手里出现了一份校园微电影的剧本。剧本的主人叫李柠，有着电影梦的理科小哥。

后来他成了我的组员。小组又渐渐壮大了起来。

前后几个月，我终于重建了小组。

可接下来却是无期限的停工。

自从停止了校园新闻的拍摄，每周四的晚上学校要求放映一些艺术片或者广告片，唯一可供我们拍摄的只有一个影视介绍系列的节目。

然而这个系列的节目也成了传媒生们练手的项目。

另外两个完全由传媒生组成的小组自然就包揽了这个节目的制作，而我们组得到的只能是"自己想办法"。

这时候，高一新进的社员们也纷纷组成了小组，开始熟悉台里的一切。

高二的下学期，我放弃了台长的竞选。

或者说，我觉得自己终于开始和这个社团里的一切有了距离。

以往没事或者学习累了的时候，我常会跑去演播室里休息一会，靠在椅子上放松一下。

但是渐渐地，我开始不去演播室了，因为里边的人我渐渐都不再熟悉。

"哎，你来了？"

我忽然有些语塞，不知怎么与里边的人说话。

后来，社团课上我写起了高考模拟卷。

虽然大家都坐在教室里，人也还是那些人。

很快地，临近高三了。

老社员们很快将要退休，又是一届新人。

学习的紧迫不再允许我们有除了学习之外的课堂时间。

社团课让位给了自习课。

再后来连自习课也变成了语数英。

我开始怀念那一年刚进电视台的日子。

老白和思彤成了台长之后又成功地牵起了手；当时已经高三的老谭领着我们在艳阳高照的中午拍完了广播站的招新宣传片，诚智还是那么会开玩笑……

也许勒庞在他的书里料到了群体无穷的力量，但他恰恰忽视了它的脆弱。

一群人，就算为了相同的目标，有着相似的爱好，也终会在某一天四散分离。

那一天来得如此迅速，以至于根本来不及去化为回忆。

我们这代人有不少带着遗憾的记忆都被迅速生长着的试卷和书本纠缠覆盖，最后永远或暂时地被埋在某个地方。

加入电视台第一年。元旦前一周的时候，台里全体成员被召集到艺术墙的前面，每个组挑一面墙拍摄一个小视频，表达元旦祝福。

当时我们组十数人还特意摆了个造型，还喊了几句话。

我记得最清楚的就是我们几个把组里体形最小的凯跃架在空中，他的脖子上挂着一条棕色的大围巾。

大围巾就这么在照片里迎风飘着。

没人记得它飘动的方向。

后来有一次校园开放周，我当时的物理老师走到电视台的展位前，对着我夸那张照片，说这群孩子真有活力，以及这小伙真帅。

八刀杀人

分者，八刀也

一

"分？"

"我不在乎分数。"

这句话要是从哪个学生嘴里蹦出来，九成九是装傻。

某个月考后的早晨，老师用鼠标"啪啪"地在屏幕上点击着，最后轻描淡写地把屏幕定格在了几个不及格的分数后面。

"别和分数过不去。"

这个细微的动作，像手术刀一样，触及了许多人敏感的神经。

"又是他……""怎么变成倒数了……"

教室里开始传来窸窸窣窣的低语声。

有人抬着头，佯装镇定地看着电子屏；有人低着头，不知在想着什么。

更多的人则在等待着名单前列的几个名字出现。

老师似乎不怎么在意讲台下焦灼的目光，缓缓地把名单向上拉。

每一次鼠标滚轮的滚动，成了一把小刀，缓缓划过许多人的后脊。

"倒数第二页，没有我……"有人长出一口气。

"不可能，为什么连前十都没有……"有人后背一凉，冷汗直冒。

页面缓缓划过，有人渐渐露出胜利的微笑。

"还好，在前两页。"几个低头假装背书的人抬起头，紧张地看了一眼屏幕。

只有少数几个人，仍然做着自己的事。

"Negative，negative，negative……"有人小声背着英语单词。

页面终于划到了顶端。

"大家看看，这是咱们班的总分排名。"两片嘴唇上下开合，拖长了声音。

窸窸窣窣的声音又出现了。

"你们呐，每次考试都错不该错的……"讲台上的声音继续拖长。

这时候，有几个人抬起头来，看了看电子屏。

低着头背书的人，撑着脸看白板发呆的人。

以及我。

我瞥了电子屏一眼，觉得自己的成绩有些配不上付出。

倒不是我做了多大的牺牲，舍弃了多少娱乐的时间，又或者是我比别人早起晚归。

而事实正相反，我从来没有在教室里自习到熄灯前一刻，也从不会为了某一次考试熬夜复习，更谈不上买多少复习资料去写。

我甚至连一天都不想在学校多待下去。

为此，我会抓住一切机会回家偷个懒，哪怕是大被蒙头睡上一天，也比在学校里面对数不清的卷子好受得多。

因为经常请假，我在学校的教务处账上有名。不过除了请假之外素来安分守己的我直到毕业也没有被叫去谈过话。

二

我还是个思维不容易集中的人。

上课的时候，遇到不感兴趣的内容，我的心思就慢慢飞到别处去了。

我羡慕那些上课一眼追到底，思维紧跟着老师，下课后还能整理出满满一篇笔记的人。

高三课程多的时候，下课后再去回想这节课的内容，我时常发现脑子里一片空白，就像缺氧多时的人眼冒金星地去翻找东西一样。

"上午那节政治讲了什么？"中午躺在宿舍的床上，旁边一个声音问。

我想了一会，扭过头，和声音的主人相视一笑。

我们笑得都很疲惫，也很尴尬，因为我们都记不太清了。

只是因为我们太累了。

每天早上六点半起床，七点二十分开始早读，这之后便是持续到十二点的上午课。

中午的休息时间不到两小时，随后就是到五点为止的下午课。

这段休息时间持续到七点，随后就是三个多小时的晚自习。

晚上十点后，高三的下课铃才姗姗打响。

我们一天学习的时间除掉零头，也有十一个小时。

而每周有六天在上课。

还有不少人挤出了原本就不多的睡觉时间，半夜躲在厕所里背书。

包括我在内，太多的学生是睡不够六个小时的。

第二天起来的时候，看着镜子里的自己，怎么看怎么像个睡眼惺忪的傻帽。

"可是这一切都值得，这一切都是为了分数，是为了将来。"我看见镜子里的自己拿着短刀，架在自己脖子上说。

"去学吧，快去吧……"短刀在我的脖子上划出一道血痕。

我一个激灵，赶紧低头洗了一把脸。

冬天，水龙头进出的水惊醒了脸上的每一个毛孔。

三

分文理科之前，我的成绩一直好不到哪去。即便在分了科之后，我的数学也经常不及格。

看着试卷分数栏上鲜红的两位数，我无数次地怀疑自己的智商。

"谁发明了数学这玩意儿？"我冒出一个想法。

后来我就释然了，大概所有数学考过不及格的人都曾这么想过吧。

我觉得"别跟分数过不去"这句话开始有了意义。

虽然嘴上说着没关系，但分数就在那里。

像把插在身上的刀。

疼得我不得不下决心把它拔出来。

我每天用三分之二的晚修时间来写数学题，还破天荒地和晖总去上了数学补习班。

补习班的老师东哥是清华数学系毕业的，我们经常拿他的"可视化教学"开玩笑，而他经常拿我们不会做的题开涮。

"这么简单的题都不会做？分都拿不到？"东哥笑着揶揄道。

"就是这几分嘛……这道导数的最后一问做不出来。"晖总在旁边抱怨。

东哥的题大部分都超出了文科的难度。

远远超出。

一开始我几乎听不懂，但我选择坚持听下去。每次做补习作业的时候我都会忍不住想念学校的数学题。

久经谷壑，不惧平原，我还是信这个理的。

一年之后，我的数学成绩渐渐有了起色。

这期间谈不上煎熬，我的感觉仅仅是"生活多了些负担""学习多了点压力"。

也许每个人对困难的定义各不相同，但是我觉得《孟子》里的那句话总还是有道理的，一个人多多少少得先历经过使他痛苦的事，然后才会有所知觉。

"所以动心忍性，增益其所不能。"

正如我从来没有想象过自己的数学分数有一天能排进班里前三。

结果就是数学这个大后方的稳定稳固了我的总分。

这种感觉很微妙，就像是一个双手被死死捆绑着的人，突然发现自己手上缠绕的绳索寸寸断裂了一样，突然间不知该做什么。

我疲于应对数学拖后腿的尴尬一夜间烟消云散。

从那时起，我终于从它的纠缠中腾出手来，开始把精力放在其他科目上。

从徘徊在及格线，到稳定在一百分。

第一次看到自己三位数的数学分数的那一瞬间，我心里"噗"的一声，似乎有什么东西被狠狠拔了出来，带着斑斑血迹。

最后冲上一百二十分的那一次考试，我捧着试卷愣了很久很久。

这把分数的刀插在我心里很多很多年了，从它的缝隙中汩汩流出的血液成为了我挥之不去的梦魇。

四

考试还是把钝刀，慢慢刮着每个人的脖颈。

K君是个学习成绩中等偏下的学生，但他为人老实善良，在班里人缘很好。

奈何每逢考试，K君的分数往往却不尽人意。

为此，他挣扎了数次，时常能看见他课间抱着书本，跑上讲台问老师的身影，也常常看见他拿着厚厚的习题册，低头闷写的场景。

如此努力了几个月，迎来了又一次大考。

临考的前一天晚上，K君目光炯炯地扫视了一遍书桌，带着充满希望的眼神看了看墙上的五星红旗。

我看得出来他眼里的希冀和信心。

可考试结果对他无疑是一个打击。

K君的总分排名在班里再一次垫底。

从那以后，K君愈发地努力起来，几乎所有的空闲时间都能看见他背书的身影，他甚至放弃了吃饭的时间，用面包和水代替一顿晚饭，留在教室里自习。

又过了几个月，高三的第一次月考来临。

临考前的那个晚上，K君的眼里似乎少了点什么，但还是充满了希望。

他开始变得不自信。

考试结束了，K君说："我感觉考得不错。"

但几天后的总分结果却再一次狠狠地划在了K君的脖子上。

K君在班里仅仅进步了三名，年级排名却倒退了二十名。

总分出来的那个晚上，K君在老师办公室门口徘徊了很久，始终没有走进去打听自己的成绩。

他选择等待第二天成绩公布。

看见自己总分的那个早上，K君脖子上的那把钝刀渐渐又往里深入了几分。

他的眼神凝固在那个分数上，很久没有移动。

属于教室的K君从那天起似乎已经死了。

剩下的是一个走出考场后越发眼神麻木的骨架。

此后的每一次月考，K君再也没有在办公室门外出现过。

每个经历过高考的人，身上都会有一道伤疤。

或深或浅，或不可见。

五

我们拥有的分数很多，但这是个所有科目加起来的上限。

语数英四百五十分，政史地三百分。

一共七百五十分。

要考上重点大学需要多少分呢？

我们毕业的那一年，第一批本科录取线是五百八十四分。

也许看起来不难，甚至有人会觉得很简单。

但是每年的数据都在证明，全省只有寥寥数万人能考进这些学校。

而那一年全省的考生人数是七十五万。

"你们要是多考一分，那么凭这一分就能干掉上千人。"

"记住了，多一分，你们就能踩着几千人上重点！"……

老师无数次站在讲台上，唾沫横飞地告诫我们。

这里不是战场，又确实是战场。

在这里，分数是把刀，多一分握在手中，多一秒肆意收割。

高二即将结束之前，我对总分是没有太多概念的。

只知道有些科目拖后腿，但我并没有什么才是后腿这个概念。

直到第一次模拟考试分数出来，分数排名里莫名多了一个"一本上线"和"二本上线"。

也是从那时起我才真正开始了解总分这个东西。

"高考不是某一科的考试。"这句话重重地划在每个人的脸上。

"只有每一科的分数都稳定升高，你才有可能考上重点。"

"看你们的分数……你们都是要考大学的人，对吧？"

一句又一句，老师们轮换着上讲台，下讲台，讲的话却总是这几句。

第一次模拟考，我总分排在班里第三。

实际上我的大考成绩一直都在前三名徘徊，但却从没有考过第一。我的数学成绩是班里总分前十里最低的，也是唯一的不及格。

"这总分……只要学好了数学，你这家伙就无敌了。"高三的某一天，我的同桌这么对我说。

事实也证明确实如此。

我的数学成绩在升上高三后一路高歌猛进，总分也随之水涨船高。

不怕笑话，文科在我眼里就是一些背诵和理解的文字，而数学才是我这一生最大的敌人。

班主任倩倩曾经郑重地在一节课上给我们讲了一个"八十分理论"。

大意就是，无论科目总分多少，只要拿到百分之八十的分数，那么总分便是六百分。

这个六百分就成为了当时我眼里上一本的标准。

现在回想起那六百分，却倏地变成了一把明晃晃的，达摩克里斯的剑。

它摇摇欲坠地悬在每个人头顶上。

我们既艳羡又敬畏地望着这把剑，渴望它有朝一日握在自己手里披荆斩棘，又害怕它早早落下，让希望变成奢望。

六

随后的五次月考一次次地证明了成绩均衡的重要性，我的总分却迟迟上不了六百分。

而我的前同桌却保持着年级第一的可怕成绩，在前三次月考的总分榜和单科排行榜上雄踞了一个学期之久。

她是个皮肤略黑，留着中长发，身高中等却有些倔强的女生，学习起来的气势让人有些敬畏。

在高三之前，她一直是我们的班长。

我一向很佩服她忙于班里大小事之余还能长时间考班里第一，我们与其相比都成了终日学习却终究不得正果的人。

后来，因为压力辞去了班长职务的她又甩开了一层束缚。再后来，她终于在某一次大考中砍杀无数重点班学子，登上年级顶峰。

有一次路过办公室外墙，看着喜报上前几个六字打头的总分，我忽然觉得那些分数太遥远，太困难。

"所以动心忍性，增益其所不能"。

当第一难，守第一更难，这考验的不仅仅是一个人的学习能力，更多的是心理能承受的上限。

我的前同桌在第四次月考中开始出现失利，随后的两次月考，她渐渐显出了疲态，或者说发挥失常。

班里的其余前几名渐渐开始顶了上去。

但是总分年级第一从此再与我们这个普通班无缘。

不管怎样，她算得上是一个分数圈里的传奇，尽管这个传奇很短暂，但它在彻底消逝前却真实地发生在了这个普通班里。

达摩克利斯的刀剑似乎落了下来。

剩下的就是试卷纸上的血迹。

我也成了班里人眼中的千年老二。

随后的几次月考，第一名不断易主，就连前五名都几无重复。但奇怪的是，我却一直挂在第二名的位置上一动不动。我的总分再无寸进，直到月考全部结束。

全省最后一次模拟考。

"你们现在的分数基本已经定型了啊，高考差不多就是这样了。"老师不止一次善意地提醒我们。

临考的前一周，我开始有了些拼命的感觉，因为心里始终觉得对不住自己。

现在想来，大概是对不住那些扔掉的堆积如山的数学草纸吧。

临考的前一夜，我早早回了宿舍，大被蒙头好好睡了一觉。

考完的那一刻，我心里突然清楚了：这是我高中最后一次完整的考试。

至于之后的高考，那是个硝烟弥漫的战场。

"好好考，你可以拿第一。"前同桌在收拾教室的那天下午，抱着一摞书和本子，看着我的眼睛说。

我也看着她，摇摇头笑了笑，没有再说什么。

直到高考成绩出来，我才发现自己的总分爬升轨迹横跨了三个百位数。

七

最后我考了班里第一。

最后一次模拟考，我以三十分的优势超过第二名，考上了班里第一。

可还是以几分之差没有考上六百分。

那把刀还是悬在我的头上，明晃晃的。

然而这种得第一的喜悦却没有持续太久。第一名前面没有任何人，也就没有值得赶超的目标。大概得到的越多，失去的也就越多吧。

原来当第二名的好处还不少。

说句大实话，我骨子里的惰性随时在揪着我抱怨道："算了吧，别去争。"

我就这样半学不学地过了最后几个星期。

大家怀着各异的心情上了高考考场。

高考结束的那一刻，有几个考场里的同学趴在桌子上哭了。哭得很凄惨，很壮烈，以至于最后完全克制不住抽泣声。

就好像马上要壮烈牺牲或者献出灵魂。

可他们刚刚才逃离这一切，像喝的烂醉的人跌跌撞撞地从废墟里奔逃出来。

他们回头看着这终于粉碎崩塌，逐渐远去的一切，没有理由地抽泣着。

那几把刀插在他们身上太久太久了，以至于一切结束的那一刻，挟裹着新旧伤口里的鲜血、怨气和泪水一股脑地喷发了出来。

但是很幸运，我们活了下来。

高考总分出来的那一天。

我点开崩溃已久的查询页面，目光扫过屏幕上各科的分数。

那一瞬间我的脑海里慌乱得无法显示这些科目的分数。那几秒钟，我丧失了阅读能力。

直到我一眼看到了这些分数之后的总分。

红色的，鲜血般赤红的总分。

六百一十五分。

这种感觉就像是拿到了游戏任务的最后一个通关道具。

那一刻，我觉得自己在这个旷日持久的游戏里大概是活了下来。

因为这分数后面，真真切切的有数十万血淋淋的尸体。

我仰头瘫倒在身后的椅子上，目光游离地看着书架上的书，努力想说些什么，却怎么也说不出话来。

最后我笑了。

声音传到厨房里，直到我妈赶来，抱了抱我的脑袋。

我真的活下来了吗？

天知道。

八

我时常请假回家。

很多人以为我请假回家是为了专心复习。

可实际上我花了大把的时间在玩电脑，刷手机和其他形式的娱乐上。

回家的时间，对我来说就是放松的宝贵时间。

要是给我个机会，我宁愿用一天的睡眠，换一周的学习。

"休息就是你的分数。"我妈这么对我说。

"休息就是打副本回血。"我对自己这么说。

高考前一晚，我怕的倒不是一夜失去所有记忆，而是失眠。

但是幸好，我睡得还不错。

休息对我来说就是一贴狗皮膏药，专治跌打损伤。

在学校被一刃一刀地划伤之后，我会放弃一切手头的学习，好好休息一顿后再回来。

我看到过太多的人，拖着已然被分数杀死的身体，伏在桌上写着题。

也看到过太多的人，已经伤痕累累奄奄一息，却紧紧抱着那把刀不放。

那刀最终越刺越深。

划断神经，割裂骨肉，切碎灵魂。

还是那间教室。

老师看了一眼讲台下投射来的空洞的眼神，"啪啪"地点了一下鼠标，画面重新定格在前几个名字和总分上。

"总分还是第二。"

那个数字慢慢刺进我的身体，心里有些痒痒的，但很快这种感觉就消失了。

我移开了目光，开始端详白板上水笔残留的墨迹。

那些墨迹像是几条刀痕，带着不知是谁的，凝固的血液。

眼前那几条刀痕血迹，分明组合成了一个"分"字。

后记：

对一个要考大学的高中生来说，分数就是他的大部分生命。

但也随时会成为夺取他生命的那把看不见的刀。

高二将尽的时候，惊闻市里某所重点高中一学生跳楼自杀。

理由是考试作弊被发现，自尊受挫所以才纵身一跃，留给世界一个潇洒的背影。

有时候我们会一味地去追求分数，因为它对我们很重要。

没作过弊的人生不完整，大多数情况下都是两相情愿，分数不会说话，我们也心满意足。

不过，破坏游戏规则是有风险的，代价也会很沉重。

所以，这盘游戏消耗的是生命力和耐力，当然还有运气。

不论用什么方法，在被杀死之前通关，你就赢了。

幸好，多数人都没那么脆弱，运气也足够好。

羽毛球，羽毛球

重要的事情，说两遍就够了。

一个人最早接触的、最系统的训练，对他的影响也最大。

我从小学四年级开始接触羽毛球，起初是家里为了培养孩子的爱好填报了一个兴趣班，就设在小学不大的体育馆里——每周末两次，一次三小时。

起初的训练比较枯燥，大致是练习一连贯的击球动作，再依次重复其中每一个动作数百次。

我印象最深的就是高远球的击球动作训练，教练让我们这帮孩子排成一列，每个人做出标准的击球预备动作，然后跟随着口令统一挥拍，收拍，再挥拍，再收拍，就这样重复三百次。

直到这个动作给生理和心理上带来足够的刺激，永远地烙在一个人的本能里为止。

以至于从那以后我抬头看天，眼前都常常会浮现一个羽毛球飞来的样子。

最初陪伴我的还是一把迪卡侬的蓝色球拍。

到了高年级，兴趣班的课程也结束了，家里提议继续培养我这个爱好，于是便给我报了一个校外的训练班。

训练班很远，只能坐几十分钟的公交过去。

多利是我小学时代最要好的同班同学和球友之一，从兴趣班开始就和我一起打球训练。不例外的，他报名了同样的训练班，每周和我结伴往返于居住的小区和球馆。

训练班自然要比兴趣班训练强度大得多，几乎每周都要绕着操场跑个七八圈，然后进体育馆开始训练。内容不外乎是前后场的走位，各种场位的接发球，还有高远球车轮。

所谓高远球车轮，就是教练在场地对面轮番向这边发球，一队队员排成一横排，依次跑位上前把教练发过来的高远球接回去，然后循环往复，直到有人漏接或者击球出界为止。

而这个失误的队员也要受到一点惩罚：男生做十五个俯卧撑，女生做十个。

就算是失误比较少的人，一轮下来免不了做上三四十个，我们也给它起了个名字叫"撑大地"。

另一件让我印象深刻的事就是每次训练开始前都要"整球"。

"整球"就是一队人围坐成一圈，教练搬来一箱羽毛球，倒在圈子中间，然后每个人负责自己面前的一堆，把羽毛球一个套一个地摆成一列，每列九个。

不知为什么，我记忆中的球馆永远都是夏天的绿色，一排排的榕树上总是有知了在叫着。

我中学时代之前对羽毛球的记忆到这里就结束了。

后来上了初中，体育活动相对多了起来，打羽毛球的次数也就减少了。但是每个星期我还是会背着我的胜利球拍袋，在下午跑到体育馆里约上同学或老师打上几个小时。

那时我还没有什么球拍是好拍子的概念，只知道尤尼克斯和胜利都很出名。也是在刚进初中的时候，家里人送了我一把胜利牌的黑色碳素拍。

我对初中年代的羽毛球记忆有些模糊，但是我仍然记得每一次在球馆里打完之后汗湿的校服，从头到脚像被浇了一盆水，湿淋淋的。

再后来，上了高中。

高一的时候没有打过几次羽毛球，原因是某一次班里男生打篮球的时候，有个哥们以迅雷不及掩耳之势向运球奔跑中的我撞了过来，结果就是他被撞得倒退三米，而我也被撞得一个趔趄摔在地上，我的右膝盖里立刻传来一声轻响。

最初几天的反应是膝盖剧痛，而我也只是当成一般的扭伤去处理：贴片膏药，热水敷敷。

直到三个星期后还不见好转，膝盖愈加疼痛，已经到了行走和蹲下都十分困难的时候，我才意识到不好。

去了医院，医生看了之后摇了摇头：做个核磁共振，拍个X光片吧。

一系列检查之后，医生指着胶片上的阴影说：你的右膝半月板有三级撕裂现象，伴随韧带拉伤和膝关节积水。

我问医生三级是个什么概念，医生说这种撕裂伤一共三级。

最轻是一级，你自己看吧。

我又问医生这种伤能自行痊愈吗，医生摇摇头，说半月板属于软骨组织，一般人一辈子只生长一次，不可能自行愈合，如果不摘除的话就只有通过手术缝合。

听到这句话的瞬间，我第一次对绝望有了概念。

摘除了半月板就意味着我成了残疾，做了缝合之后就意味着数月无法正常上学。

最后父母没有选择任何手术。

后来从老家寄来了不少治关节损伤的中药膏。据说我小时候曾经摔裂过右臂的骨头，贴了这种药不久就痊愈了。

我带着药去了学校，连带的还有几个护膝。

当时住在六楼。幸好宿舍楼装了电梯，我就向学校申请了刷卡乘坐的权限，每天坐电梯上下宿舍楼。

但是上下教学楼就没有那么简单了——教学楼的电梯只能教师乘坐，好在几个同学轮流送我上下楼梯，倒也没什么。

每天下午回到宿舍，简单洗完澡之后，我就开始给膝盖换药。

黏糊糊的药膏散发着麝香味，被厚厚的纱布包裹着，再套上一个厚厚的护膝。

这种日子大概持续了两个月，班里二十几个男生几乎轮流着扶我上下楼。

也不知是机缘巧合还是我体质异于常人，两个月后我感觉疼痛渐渐减轻，已经可以不用挂着拐，靠别人搀扶小步走了。

又过了两个月，我几乎感受不到膝盖的压迫感和疼痛感，可以正常走动了。

回到医院，重新做了一遍核磁共振，拍了片子。

我至今还记得医生对照我三个月前后的两张胶片时惊讶的眼神。

我的在临床意义上几乎不可能自行愈合的半月板，居然自己长好了。

反复确认之后，我第一次对奇迹这个词有了概念。不久以后，我就恢复了正常运动。

因为篮球给我留下了这段漆黑如墨还洗不干净的阴影，我决定开始打羽毛球。

一开始我的球友只有几个隔壁班的哥们，但是通过我不懈的安利和推销，不论是我们班还是周围的班，打羽毛球的人渐渐多了起来。

我成功地把桃子、阿东和小常拉进了羽毛球大队。

高三时我有三个球拍，其中一个训练拍在一次练习中不幸遗失，剩下两把分别是跟了我六年有余的黑色胜利和一把红色的尤尼克斯。

我曾经打断过几把便宜些的训练拍，但那把黑色的胜利拍似乎有了灵性，即使拍线已经打断重拉了不知多少次，拍框却顽强地撑了六年也迟迟不肯退役。那把尤尼克斯的拍子加上手胶之后通体粉红，因此我给它起了个花名叫"月下美人"。

更有意思的是，阿东给他的那把黑白相间的拍子也起了个相应的花名叫"日上痴汉"，就这样凑了一对儿。

学校每周会在其中两天的下午组织学生去操场长跑，跑完一千两百米之后就是自由活动时间。

每次长跑前扩音喇叭会播放十分钟的集合音乐，这时候我们几个就拽着球包跑进体育馆占场，放下球拍之后就有说有笑地去操场跑道集合。

长跑完了，我们大汗淋漓地飞奔进体育馆，捡起球拍开始打。

就这样每周最少两次，多则四五次，体育馆成了我们课余时间出没最频繁的地方。

除了阳光长跑，每周一节的体育课也成了打球最集中的时间。

抢课，或者说抢羽毛球的体育课，成了每个学期都要拼手速的必修课。记得每个要抢课的周末早晨，我一准会放弃睡懒觉的时间，七点不到就爬起来守在电脑前面，点开选课的网页。真正考验一台电脑配置和网速的，就是抢课前的一分钟。而学校的选课系统往往会在那一分钟里卡死、崩溃，最后走向页面错误。这也无可厚非。

从高三开始，每周的体育课就成了最佳的放松时间——每周五的下午，午睡之后不用赶着上课，轻快背上球包下楼去打球。

因为第二节是班主任的课，所以我们常常是打到距离上课铃还有一两分钟，才又拖着球包百米飞奔回教室。

桃子最喜欢和我抽高远球，阿东的小球技术最厉害。我算是均衡，但唯独跑位速度比较慢。

桃子是打球最拼的一个，几乎每一场球都会满场跑来跑去，左接右挡，有时候我诧异于一个半场已经无法满足他劲疾的脚步。

不过有趣的是，每一场球他必然要在场上躺倒一次：要么是因为前场接球的时候心有余力不足就顺势滑倒；要么是一个后场球没有接着，用力过猛瘫倒在地。总之每一场球桃子必摔一次。

我们也知道他是故意卖萌。

日子就这样一天天一周周一月月地过去。

那种在大夏天的午后打完球，湿淋淋地走进小卖部，买上一瓶脉动猛灌的感觉也渐渐变得陌生。

高中的活动时间就是有一群和你有同样爱好的人，陪着你走，陪着你笑，陪着你哭。

陪着你一路坚持下去。

从高中开始我才真正了解到什么是羽毛球，知道了哪些是进攻拍，哪些是防守拍，哪些拍线磅数高，哪些磅数低，还有什么叫击球甜区……那是我青春的一部分。

也将继续成为我生命中的一部分。

和我右膝的半月板一样，不可或缺。

有一次晨会结束后，我一瘸一拐地走向楼梯。当时在一旁等电梯的英语老师喊住我，对着边上十几个老师招了招手：这个孩子腿伤着了，你们让他先进去啊，都别挤着，哎小苏啊你慢着点。

我拍了拍大腿，说：老师你别看我这样，很快就好了。

白玉楼

可贵的不只是知识，而是如何彼此相待

请君暂上白玉楼

请不要接着往下看，先百度一下中国高中的定义。

如果你懒得动手也没关系。

因为不会有任何结果。

一直以来，我都在试着对我所经历的高中教育下一个形而上的能说服我自己的定义。

"我到底接受了一种什么教育？"回忆这几年，我尝试着总结。

它是素质教育呢，应试教育呢，还是工具教育？

又或者，我所经历的只不过是一种半强迫的，带有功利色彩的知识灌输和考学技巧的训练而已？

这些知识和技巧对我以后的生活又有多少贡献？

如果这些贡献是功利的，那不妨从成为一个完整的社会化的人来考虑，这些知识和技巧对一个人又能起到什么作用？

把人生可能遇到的问题，社交、伦理、经济等等串成一列，以高中教育作为打破这些问题的箭头——可以清楚地看到，这根箭头甚至无法贯穿一个人的前半生，它所能做的极限只是击穿了高考和大学之间的壁垒。

高中教育对一个人最大的贡献，或许是让他考上大学。

一个国家的教育成功与否并不在于它培养了多少服务生产的人才，建了多少顶尖的大学，有多少科研成果。

当越来越多的学生开始回头反思"我接受的教育的意义何在？"或者"我想成为什么样的受教者？"的时候，这个国家的教育制度才会在这一代人手中发生改变，而不是继续在流水线上培养标准化的劳动力。

很多教育工作者不情愿但却不得不承认，当前的高中教育工具化的属性要远远大于它本应有的素质培育的属性。然而作为工具而言，高中教育和一个簸箕之间没有太大的差别。

有人会说：知识就是力量，你们学生花了几年时间去学那么多东西，难道对你们就没有任何提升作用吗？

没错，知识固然有力量，而且这些力量之间的差异还极其悬殊，以至于在一些学生手里可以横扫数十万考生，在另一部分学生手里几无缚鸡之力。

而提升作用很明显，每个正常的考生在高考前都会迎来他或她人生中的知识巅峰。

　　文科生要会计算一块太阳能板和太阳高度角的关系，能不假思索说出世界任何一个角落属于哪个气候类型，说出植被特征再顺便画出降水简图，可以报出从公元前2070年到昨天为止世界上的大事年份，也可以默写出几千字的经济学政治学文化学和马列主义哲学的原理，再写出相配套的上万字延伸概念。

　　高考之前，世界上每发生一件大事，那都不叫事，叫考点。

　　理科生可以把元素周期表倒着写一遍，能默写出上百种化合物的反应方程式，画出DNA的分裂重组过程，再从牛顿第一定律算到第三定律，从铅球算到火车的加速度，最后把无数个力分解再合成，还能画出复杂精细的电路图。

　　而文理科生都必须做到的也不少，他们能背诵上百首古诗词并且能对任何一首新诗词进行多角度赏析，他们还熟习十几篇古代文学经典并能默写，还要具备系统鉴赏任何文体的能力，他们还掌握了三千个以上的英语单词和大量的语法知识，可以进行全英语的人机对话，更可以在初等函数领域解决多种问题，掌握几百种数学模版和题型，上百条基本公式和推导公式……

　　看到这里，你感到惊讶吗？

　　当年或未来的自己或多或少地拥有这么强大的力量。

　　回想起来，觉得恐惧吗？

　　别怕，这一切都会在高考结束后的几个月时间里烟消云散。现实地说，这种力量即使再强大也无法持续多久，甚至随着高考每一个科目的结束在快速地递减着。

"考完一科，卸下一个沉重的包袱。"考生们如是说。

没有任何一个高考生会努力地去记住他刚刚考完的科目知识。相反，他会拼尽一切忘掉占用自己记忆空间的东西，为下一个科目清理场地，直到考试结束。

当知识成为了包袱，教育便与工具无异。

用完了，就扔。

可笑吗？但不好笑。

知识的殿堂是多么神圣的地方，怎么方便笑呢。

有人嘲笑把高等教育比作象牙塔的行为，认为大学教育不再是空中楼阁了。

可是高中教育的白玉楼还屹立着。

我不打算摆出一副批判教育制度的姿态。从源头上说，应试和工具总是分不开的，紧随其后的是面对多数人的公平。我们一直在寻找更好的替代方案，但可惜的是改革始终在路上。

无可厚非，整个东南亚因为人口和历史的原因，大都在实行着工具式的教育。它们能快速地遴选出最优秀的学习技能掌握者，为社会化大生产和建设挑选人才。

可应试教育从来都不是为了培养素质而存在的，这也是为什么它和簸箕的原理没有二致。

簸箕只能筛除掉不符合筛口形状要求的粮食，却无法挑选出口感和营养都好的。

中国的高中教育缺失了作为教育最重要的一环，所以它几乎不能培育出完整的人。不过幸好我们的家庭式教育和高中的封闭性多少弥补了一部分高中教育本身的缺陷，但学生们还是需要自己在生活中学习和领悟如何彼此相待。

和性教育的缺失一样，有多少学生走了多少大人们所认为的弯路，然后在无数的网页上自学成才。

只传授知识而不传授如何做人，不仅仅是时间和空间上的硬伤。学校一方面告诉学生们高考的一次性，另一方面放任学生的思想和道德自然而野蛮地发展。

一部分学生越来越功利和投机，更多的是对知识和彼此的漠然，认为"为我所用者至善"。

这和功利主义又有区别，伦理学意义上的功利主义强调做出的选择为主体带来的幸福，行为经济学上的定义是效用。

大白话就一个字，爽。

可有多少学生会觉得拿知识作工具再用它去敲开大学的门是件很爽的事呢。

既然知识可以成为敲开人生道路的工具，那么别人为何不能成为我的工具？这也是为什么越来越多的三观不正和圆滑老道在学生的身上出现的原因。

话说回来，学生们对学校偶尔开展的道德教育也是嗤之以鼻。因为教育对人格的形成毫无帮助，所以他们中有不少人在这个微型社会里过早地形成了坚硬且尖锐的人生观和价值观，也有不少人毛还没长齐就练就了一身江湖气。

我们不能指望任何一个人都是道德模范，但是我们也不希望身边随时都会出现满身江湖气的人。

学校么，就不是个天王盖地虎或者宝塔镇河妖的地方。

所幸的是，我的同学们大都家教良好。但这并不代表其他人能学会与别人友善相处。过大的学习压力和一边倒的知识灌输，带来的只会是心理的压抑和矛盾的潜化升级。

如果让我在知识和彼此友好相待之间做个选择，我会矫情地选后者。

因为我矫情。

知识可以再学，大学可以重考，但是有些话和有些事，说了做了可没有后悔药吃。

年少冲动是借口，但绝不是与人为恶和钩心斗角的理由。

如何尽量平静地看待这场一千零九十五天的战争，与你或对垒或并肩的同学，然后如何彼此相待才是学习知识之余的头等大事。

既然是工具，用完了扔便是，伴随一生的是彼此眼中做人的姿态。

高中这座白玉楼，登上了顶还不算完，又有多少人能完好无损地走下来，向世界宣称：我赢了，从身体到心灵。

这条路有人走得无可奈何，也有人走得无比惬意。

但如果你不选择咬着牙，一级一级地走，还没开始你就宣告了失败。

高中于我的意义，在高考结束的那一瞬间便不再是知识。

夸奖一下陀思妥耶夫斯基说的话。

　　"最要紧的是，我们首先应该善良，其次要诚实，再次是，以后永远不要互相遗忘。"

　　下楼了吗？

　　恭喜你，前面不远处似乎有座塔。

　　勇敢些，上塔吧。

"斯基曾说过……"

很多人瞧不起应试作文

巧了，我也瞧不起

遗憾的是，称其为高中语文半壁江山也不为过的作文，每年都会被社会各界当成热点炒来炒去。

不少专家跳出来解读各个省份的考题，说这个省份的题多么新颖多么好，多么有内涵多么能展现出多层次的要求。

有些考题本身就已经在挑战考生的智商，而这些后续的解读无疑是在侮辱考生的智商。

出题者们用几十个小时出的题目，考生们必须要在十分钟内想出思路，打好腹稿，整理逻辑，再付诸笔下。

不要说什么考验的是临场发挥能力和知识调动水平，这么短的时间内让一帮未成年的学生去写文章，已经不是赶鸭子上架了，是上树。

结果只会是一树的慌乱和一地的羽毛。

有人又会嚷嚷了，高中三年我们一直在训练学生们呀。

那不妨看看学生们都写的是什么东西。

微博上有人总结了九张大图，内容是高考作文如何得高分。

"思想不重要，重要的是偏僻典故和名言的引用和如何让老师看不懂……"

一张图上如是说。

"每一段都要点题！点题！点题！否则你写得再好也有跑题的风险。"

另一张图说了三遍。

"——老师看不懂了也未必会去查，所以实在记不起来出处的名言，大可以随便编一个高大上的名字。"

这张图获得一致赞同。

"比如，'斯坦夫涅格斯基'曾经说过：'命运的火光在照亮你的同时也灼伤了你，这种伤害虽然柔和，却无处不在。'"就是一个彻头彻尾的伪造出来的东西。

看起来有些营养吧。

因为这是我用三秒的时间编的。

编造，有时候比完整地引用例如村上春树川端康成老舍鲁迅高尔基巴尔扎克或者是陀思妥耶夫斯基的名言来得快。

答案很简单，根据情境造出来的是最合适的，而已然作古的名人们不会顺着你的性子来。

考生们屡试不爽地去改造或者自创名人名言的原因就在这儿。

更有一种懒人捷径，连名字都不必思索，只需一个小套路。

高二某日，语文大考，题目新颖，奈何胸中无名人典故可用，余遂提笔大书三字："古人云……"后边接着一句自创的心灵鸡汤。

这句话是什么我已经记不清了，只记得这篇文章后来被老师当作范文，在课堂上朗读后大加褒扬。

还好那节课我正请假在家休息，回学校之后才得知文章被当堂朗读，想起自己随意编造的"名言"，心中羞愧的同时还有一点小惊喜。

尝到甜头了，自然要继续。

最后，一千个学生的作文里就有了一千个某某斯基。

如果编造的效果比引用原文还要好，那我为什么还要花费时间和精力去读那些经典呢？

这句话当然不对，它还有个前提条件。

你得有编造名言的实力，起码不能让它看起来像是一句女性杂志上的推销语，而真的像是某个文学大师的笔下之作。

所以我选择了大多数人选择的另一条路。

背短文，记碎片。

高中生们没有太多的阅读积累，但是又急需大量的名人名言和佳句片段来充实文章——不少填鸭式的辅导书应运而生。

我每个月都会收到一本类似《背了这些就不怕》的高考作文指导书，这本书里尽可能地利用空白边角，填充了大量的名言和佳作片段。

学生们可以快速地获取这些文字的精华而不用去读各种原著，然后铺陈在文章中以此提高格调。

渐渐地，我发现了一个现象。

这个月的作文指导书发下来后，月考的作文中就会大量出现撞车和雷同的名言警句，作文片段。

举个例子，本月期刊中用大篇幅围绕鲁迅先生的"孔乙己吃茴香豆"一景做了分析。

结果到了月考，看过期刊的小红看了题目十分欣喜，在作文里描写了孔乙己的茴香豆。

然后同样有料可用的小刚把四个茴香豆的"茴"字写法一一列出。

最后，开心的小明在作文里写道："就像茴香豆的茴有四种写法一样，多元化应用的精神在古代早就有了先例。"

改卷老师眼里出现了满屏的茴香豆。

带着满脑子的茴香味，老师大手一挥，内容雷同，全部低分。

自从发现了这样的规律以后，我学会了在三月份的考试里引用一月份的素材，在四月份的作文里引用二月份的。

效果喜人。

在很多人看来，所谓应试作文写到最后往往都变成了名言引用大赛，积累得越多越偏，效果就越好。

某些辅导书居然还打出了"积累的名言名句越小众越好，越是不为大众所知的作家，说的话就越值得一用"这种指引。

看起来没错。人们总是喜欢小众的，新奇的东西，改卷老师也不例外。

可是又有多少人看过作家们的原文而不是捡来一句话就用呢？

那些出自体制下的优秀范文，几乎都是名言和典故的堆砌和拼接。

这些堆砌和拼接本身没有问题，问题是它们背后的空洞。

大家发现"博学广识"的文章会得到一个不错的成绩，于是争先恐后地去装出一副"我读过"的样子。

鲁迅在第一自然段弃医从文，第二段里车尔尼雪夫斯基开始欣赏美和不朽，第三段的川端康成捧着海棠花，最后一段里考生随便感叹了一句，用卢梭的"人生而自由"升华了主题。

于是一篇佳作诞生了。

最后，名人们的嘴说完了考生的心里话，留住老师眼球的是一个又一个诺夫和斯基，考生自己的论述反而没人愿意看。

至于这个考生，可能连《社会契约论》都没读过。

因为那句话还有个后半句，"人生自由，却无往不在枷锁之中"。

自以为能不寻根溯源就用名言警句的人，反而比其他一切人更像考试的奴隶。

遗憾的是，学生们并没有做错什么。

使他们变成奴隶的也并非他们自己。

一个真正要学好所有功课的学生，不会有太多时间去读课本以外的书籍。

而学校对待"闲书"的态度是学习时间发现即没收。

当你从试卷堆里抬起疲惫的脸，想拿本诗集放松一下的时候，你要小心地张望四周，尽可能地用试卷将它掩盖。

因为在自习时间读课本以外的书，在这里是种不可容忍的行为。

它会占用你背诵要点的时间，记忆公式的时间，完成练习题的时间——总之它对你的学习没有好处。

随着这种纪律的一再强调，多少人再也无法面对着试卷和练习册翻开一本小说，他们居然觉得有些罪恶，尽管这种罪恶是荒诞而无理的。

至于为什么会有无数个斯基和无数个名人出现在作文里，而他们的本来面目却无人有精力去探知，原因就在这里。

至于学生们自己去创造一个斯基，有时候不是为了让它看起来是出自名人，而是希望老师改卷的时候能发现它而不是忽略它，因为他们觉得这有意义，却没有勇气。

一篇应试作文从出现到评分，整个过程不会超过一分钟。

当应试作文把文章的写作和评判变成了流水线，学校又紧紧控制着学生们的阅读量，抓着考学不松手的时候。

夹在中间的还是学生们。

如此这般，还指望有什么思想的火花在笔下迸发，那都是扯淡。

考试作文题越来越开放，材料越来越丰富，考生自己能说的话却越来越少。

思想是需要时间积累的，而高中生们缺少的就是时间。

谢天谢地，挺身而出的斯基们救了考生。

最后，要是问我应试作文有什么好处，应该怎么写。

首先，应试作文唯一的好处就是让一部分真正有积累的人从平庸中脱颖而出，然后让另一部分不读书但会投机的学生有空子可钻。

然后，我从来都不知道如何去写好一篇应试作文。

对我来说，它是个工具，用完即扔，保持距离。

高考之后，我发现自己渐渐有了真正的空闲时间。

我也开始真正了解那些名言佳句到底是什么含义，读读林语堂，读读三岛由纪夫，读读夏目漱石。读我喜欢的书。

因为我知道，这辈子再不会有机会把它们生拉硬套，胡乱塞进文章里了。

别说话，深呼吸

BD工业园和学校隔着一条马路。

教学楼和马路隔着50米和一道3米高的围墙。

刚上高一那会，我对"鼻炎"的认识也还仅仅停留在字面上。

"哎，你有鼻炎啊？真可怜……"我拍了拍某个哥们的肩，上一秒他连续打了四个喷嚏。

"阿嚏！"可能是肩膀传来的震动再一次刺激了他的鼻腔，他猛地抬起头，鼻翼耸动，猛地打了一个响亮无比的喷嚏。

"以前没这么严重的……上高中这几个月突然变得厉害了。"他掏出一包纸巾。

不知为什么，看着他打喷嚏，我的鼻子也痒痒的。

"打喷嚏和哈欠是会传染的哦。"哥们擤着鼻涕，一边对我挤了挤眼睛。

又过了一段时间，有时候正上着课，一股怪异的香气就会从教室靠外侧的窗户飘进来，弥漫在整个教室里。

大家不由得深呼吸了一下，各种吸气的声音在教室里响起。

刚开始的时候，我以为是食堂的气味，心想着今天中午食堂又做了什么新菜。结果是中午在打饭窗口前再怎么左右张望也没有发现这款气味独特的菜。

就这样，奇怪的香气周而复始地出现在学校里，不少人也渐渐开始变得对这种不明来路的气味厌烦起来。

最明显的抗议之一就是教室里日益增多的喷嚏声，包括我在内的一部分人开始得上了鼻炎。

曾经在微博上看到过这么一个笑话："我当年上高一的时候，数学课上不小心碰掉了一块橡皮。等我弯下腰把它捡起来之后，我发现我什么也听不懂了。"

"从此我的数学就再也没及格过。"一个网友在下面补了一句。

确实很好笑，但也很真实。

一个弯腰尚且如此，又何况是几个喷嚏。

我痛心地计算了一下，如果每天上课打一个喷嚏，每个喷嚏从有感觉的那一刻起到结束之后回过神来的时间大概是五秒，老师圈出一道题的关键步骤或者提到某个重点知识需要三秒。

而这个喷嚏不偏不倚地打在了上述的关键三秒里，等你回过神来准备跟着老师思路走的时候，你却发现自己需要用一个喷嚏的数十倍时间去弥补你错过的思维时间。

上课走神和打喷嚏是一个道理。

　　从那时起的每一天，我都会为以前所做的对鼻炎患者不友好的行为感到深深的懊悔。几乎每个早晨我都会在鼻塞中醒来，翻身下床后的第一件事就是找纸巾擤鼻涕。

　　用个夸张点的方式形容，我鼻子里横亘着一道密不透风的万里长城。

　　我的上铺则更加夸张，因为地理位置不便所以把卷纸放在了床上，然后每天早晨我床边的地上就会出现几堆揉起来的纸巾团。

　　我相信那绝对是用来擤鼻涕的。

　　每周都有一到两次长跑。

　　下午的操场时常晴朗无风，一队队人就这样在跑道上有规律地跑步前进着。

　　经常地，跑着跑着我就觉得喉咙有些干涩，于是我合上嘴，试图用鼻子呼吸来缓解一下，结果发现空气也带着一股淡淡的怪异香气。

　　再后来，我知道BD工业园主要靠生产香精和香料赚钱，我们闻到的大概就是生产车间排放出来的废气之味。

　　百米开外，昼夜不息。

　　一年下来，没得鼻炎的人都成了国宝。

　　在我还不知道鼻炎喷雾这种东西之前，每一次考试都是我和鼻炎的单方面殊死斗争，当然也包括其他人。

　　夏天的时候，室外三十多度的高温，室内二十度的空调，只要从室外走进室内，鼻腔就会受到成吨的伤害并随即开始抗议；冬天因为低温刺激更是如此，考场上此起彼伏的咳嗽声和喷嚏声不绝于耳。

高中三年使我总结出一个规律：只要鼻炎不发作，我的成绩就不会差。

考场上鼻炎发作是一件很可怕的事情，因为它代表了不可逆的思维混乱以及心情烦躁的开始。

试想一下，在鼻塞流涕，呼吸基本靠嘴，还需要不停取纸巾来小心翼翼地擤鼻涕，同时不能过度打扰周围考试同仁的情况下，一个喷嚏下来甚至发觉自己有些缺氧的人要怎么坦然面对一张考卷？

心情烦躁是必然的，特别是这种心情还会传染给周边的无辜人士。

"你们考的这么差，多找找自身的原因，不要怪老师和课本。"这句话在无数老师嘴里咀嚼过。

"我……我鼻炎犯了。"这句话想必也会是一个完美的理由。

我已经记不得第一次用过鼻炎喷雾后的感觉了，只依稀回忆起那天的我呼吸顺畅，神清气爽，第一次在清晨的床上一口气做了十个深呼吸。

我用的鼻炎喷雾还有个很日系的名字，叫雷诺考特。

有了喷雾，我第一次迎着略带香气的空气，带着胜利的微笑走进了考场。

结果也像这管喷雾的效果一样令人满意，我发现自己原来还可以如此思维清晰地参加考试，以至于我怀疑自己以前都是在半昏迷状态下答的题。

离考试结束铃声还有十五分钟，我满意地合上笔盖，用鼻腔做了一个圆满的深呼吸。

吸气，呼气。

教室里很安静，除了几处不顺畅的吸气声和纸巾的簌簌声。

就这么过了一年，似乎是BD工业园恶名远扬，学校的一众家长和老师发起了几次维权，促使BD工业园答应了减少排放之类，空气中出现奇怪香气的情况开始减少。

"根据检测报告，我工业园内排放的气体各项指标都在正常范围之内……"某一天，一份报告流传在校园里。

我对这张纸自然是嗤之以鼻的，抛开我鼻子已经十分通畅不说，就是这些气体不超标这件事本身就是个天大的笑话。

"量变带来质变"是个学过辩证法的人都懂的道理。

而这张纸似乎在保证一个人天天吸几个小时废气，几年下来不会发生什么事。

不得病，难道还能延年益寿不成？

滑天下之大稽。

毕业前后的几个月时间里，BD工业园开始整修大门，原来的铁栅门前摆上了一座假山，周围是一圈绿色植物，至于假山上有没有修喷泉我就不得而知了。

很讽刺地，这么一座绿水青山摆在这样偌大的一座工业园门前，似乎在昭示着管理者绿色环保的决心。

但很显然这么矮的假山是挡不住学校和厂房之间几十米的马路的，风还是照样刮。

至于一座工业园怎么能毗邻着公办高中，它又是怎么从别的区被驱赶过来等等这些事，我就不瞎操心了。

正如我管不了全中国的土地，阳光和水一样，我只能照顾到鼻子前边的空气。

空气不新鲜了，刺激鼻腔了？

来一管鼻炎喷雾。

喷完之后，抬头，挺胸，闭眼，来个深呼吸。

世界依旧对你微笑着。

高 徒

铁打营盘流水兵

一

每个人在他的学生时代都听过这么一句话。

"老师对每个同学都一视同仁，大家在老师这里都是平等的。"

每个人在他的学生时代都知道这是个笑话。

但是老师们还是一次又一次地去重复这句话。

说这句话的老师们并没有错，但如果仅仅重复这句话而不去告诉学生们这句话背后的意思，那就错了。

"老师是个大活人，不是机器人，有自己的偏好很正常——如果你不认真对待知识，老师也没有义务认真对待你。"

"就学习知识的权利而言，你们在老师眼里才是平等的。"

没能说出这句话的老师，错在太善良。

不过就算说了这句话，学生也不一定买账。

现在的高中生分成两类：要我学的一类和我要学的一类。

要我学的一类听了这句话，会有些心虚，像以前一样去思考是不是得勤奋一点。

而我要学的一类则会在心里抱怨这些人耽误了自己的上课时间，甚者干脆合上耳朵，去做自己的事。

至于这之后怎么让学生买账，那就是老师的事了。

苏格拉底在临刑前这么嘱咐自己的学生："如果人是牛马，那么神就是牧人。没有哪个牧人希望自己的牛马走失或者死去。"

同理，也没有哪个老师希望自己的学生不学无术。

可学校大了，哪种学生都有。

认真的、勤奋的、吊儿郎当的。

游戏人生的。

师出高徒，也出庸徒，当然也出劣徒。

二

Q女生是班里有名的"觉皇"。

之所以这么说，是因为她的睡眠质量好得难有人匹敌

不论是早课还是下午课，只要回头望一眼Q女生的座位，八成八可以看到她酣睡的侧脸。剩下一成二的可能性是老师刚刚叫醒了她。

阳光照在她熟睡的脸上，皱成一团，闪闪发光。

政治老师是个胖胖的老头。

看到学生睡觉的时候，他经常眯起眼睛，嘴角微微露出微笑，拉高了声调说："那个谁，对，就是那个谁，我最喜欢的那个谁——看白板喔。"

此话一出必然引起一阵哂笑，大家就会扭头张望"那个谁"睡醒了没有。

往往是大家还没找到"那个谁"，此人就已经揉揉眼睛，从桌上爬了起来。

于是课程继续。

有人不喜欢政治老师说"那个谁"，觉得不如点名直白。

然而直到毕业我们也说不清"那个谁"到底是谁，或者是哪些人。

Q女生睡熟了的时候，一般的呼唤是叫不醒她的，就算政治老师抬升了音调，拍了拍桌子，再来一声说书先生式的断喝，对唤醒她也无济于事。

这时候，她的邻桌就会试探着推一推她的胳膊，几秒钟后没有反应，于是邻桌再推了一把。

如此反复了几次，在大家众目睽睽之下，Q女生懒洋洋地从臂弯里挪出脑袋，木然地看了看现实世界，脸上没有一丝波澜。

政治老师辗转多省，教了近三十年的书，他同时教我们普通班和隔壁的重点班，他也不止一次地在班里的课上说过自己不同样要求我们两个班，重点班的政治背诵放在我们班就成了政治朗诵。

刚接我们班的时候，他还曾经感慨地说，这个普通班像重点班一样，学习气氛不错。

高三之后，直到毕业他再没说过这句话。

我看着教室里东倒西歪的身影，但心里又不得不承认政治是门枯燥的东西，同时还得强打着精神听课。

"今天看着政治老师的样子，估计他都不想讲了。"某天中午在宿舍，桃子吃着泡面对我说。

我："一节课睡了一片人，他也没啥心情了吧。"

桃子："他昨天说，自己几天都没睡好觉，晚上备课到半夜……"

我："感觉他已经放弃一部分人了。"

然后是沉默。

虽然高考后我发现，政治这门课程留在最后冲刺的一个月去背也来得及。

没有不愿意教的老师，只有不愿意学的学生。

很多年后，"那个谁"们会感激当年的政治老师也说不定。

三

每个老师都会有一个或几个特别关注的学生。

虽然我常年盘踞在班里前三，但是却没有哪科成绩能引起老师足够的注意。

政治老师曾经在某一次阶段考之后，在班上看着我说了这么一句。

"苏熠世这个孩子是个学文科的材料，努力的话进年级前十没问题。"

这之后的几年，这句话时不时会浮现在我的脑海里。

虽然我的政治成绩几乎没进过年级前十。

所以，我就是个成绩平均，排名稳定的"白开水"型学生。我基本上没有什么优势科目，就连我一直引以为傲的语文成绩偶尔也会排在年级二十名开外。

我身上散发着学习全文科的优势气息，但却没有能让具体一科老师欣喜的成绩。

换句话说，我的天赋技能就是"文科"而不是"历史""英语"或者"政治"。

我的角色设定就是如此。

"说不定这种全科专精的天赋是最强的呢。"我有时候会这么安慰自己。

这种老师对学生特别的注意在数学课上体现得尤为淋漓尽致。

数学老师喜欢让学生上讲台解题，一方面培养学生能力，一方面自己能稍微休息一会。

每一次周测评讲之后都会有半节课的空余，数学老师就会让学生们上讲台去讲题。

课代表是个大眼睛白皮肤的女生，数学成绩在班上最好。

有时候是老师自己点名，更多情况是课代表安排同学上讲台。

一般都是班里数学的前几名轮换着上台，次数一多大家也就习惯了。

倒不是我不赞成这种做法，只不过我曾经深切体会到"给别人讲"和"听别人讲"所带来的效果差异。

数学前几名的成绩自然一直很好，排在中间的人很难有信心学上去。

有些时候，有些鼓励，哪怕一次就好。

不论大家是否都听得懂，也不管你是否结结巴巴地讲完这道题。

最后台下的掌声和心里的愉悦是最珍贵的。

它们会成为一个人在接下来很长时间内奔跑的动力。

四

我的英语老师Sam喜欢教育学生。

Sam是个暴脾气，但是又特别擅长给学生做思想工作。

我们的感觉是，他一个人包揽了大部分属于班主任以及一部分属于学生处领导的教育工作。

"我没有要求你们和隔壁重点班一样都考高分，因材施教也有道理。"

"但是我作为教师，把自己的本职工作做好，尽可能照顾到你们每一个人，最后只要你们的均分提高到120甚至125，我就问心无愧了。"

Sam经常花上小半节课的时间教育我们，从学习到做人，从胡萝卜大棒到鸡汤。

怎么说呢，这老师很实在。

有一次，我们宿舍的外卖被门卫扣留，一纸箱吃的放在门卫室不得取走，桃子身上的校卡也被扣在那里。

门卫："找你们班主任过来拿。"

我："那你先把我同学的校卡还给我。"

门卫："我凭什么给你？"

我："那是我舍友。"

门卫："……说不给就不给。"

我："班主任电话打不通，你等着。"

过了一会，桃子在办公室找到了唯独没下班的Sam。

不一会，门卫的电话响了。

门卫："哦……那行吧，外卖让他们拿走。"

我："我舍友的校卡。"

门卫："自己拿，别烦我。"

再后来，我们抱着外卖箱跑到了办公室。

Sam："还没吃呢？"

我："老师你要吃啥自己拿吧。"我有些不好意思。

Sam："那你们拿回去吃吧，不用管我了。"

"铃铃"，他的手机响了。

Sam掏出手机，我扫了一眼来电显示，是学生处主任的名字。

Sam拿起电话，说了两句，笑了一下。

挂断。

Sam："看我干吗？还不滚回去吃饭。"我们抱起箱子跑回宿舍。

晚一点的时候，我们把一盒鸡翅放在了Sam的办公桌上。

那天晚上他加班。

五

人有智力高低很正常。

不那么专业地说，每个老师的技能天赋不一定能够覆盖每个学生的技能面板，是因为多数学生的学习天赋和考试天赋参差不齐。

当然，多数情况下考学并不能代表一切。但是在高中里，考学会占据三年时光的一切。

打个比方。

刚进入高中的小萝卜头们出现在新手村里，一边惊叹着这个游戏世界的光怪陆离，一边看着身边的事物手足无措。

这时，一群身负各异技能的导师出现在他们身边，递给了新手们一把生锈的铁剑。

"你获得技能：劈柴剑法。"

到这个时候为止，大家的起点还是一样的：手里的铁剑，身上的技能。

可从下一秒开始，每个人都会走上一条与他人迥异的道路。

有的人天生懒惰，本该在新手村外打怪练级的他们选择待在村里的广场上杀鸡逗狗，甚至选择跑回客栈呼呼大睡。

有的人发现自己尤为擅长使剑，用了数月时间四处修炼，把劈柴剑法升级成了六脉神剑。

还有的人发现自己没什么像样的天赋，就安安分分地在村外打怪练级，一剑一剑地努力着。

在新手村待着有一个好处，死了之后可以满血复活，没有损失。

有的新手摘野果的时候从树上掉下来摔死了，导师会一边看着他恢复的身体一边告诉他正确跳下果树的姿势；

有的新手粗心掉进了猎人的陷阱，导师们会借给他一条出洞的绳索，事后再教会他制作陷阱和绳索的技能。

导师们不止一次地重复过，新手村外的世界很复杂，也很危险，但也充满了机遇。

离开新手村的条件不简单——打败村外的Boss，让守卫放行。

但导师们从来不会主动帮助新手们打怪升级，只是不断地给他们布置任务，耐心地教他们解决问题的方法。

最后微笑着给予他们完成任务的奖励。

虽然有的新手一天去面见导师无数次，有的则三五天不露一次面，但在导师的心里他们都是自己最可爱的学生。

看着学生们或崇拜或敬畏，抑或有些调侃的目光，导师们很欣慰。

他们每天都在督促自己履行传授技能的职责，虽然他们心中清楚：自己并不是这个游戏大陆上最强大的一群人。

但是在学生们眼里，自己就是这个世界的化身。

新手们朝着最终的任务一点一点努力成长着，速度有快有慢。

六

就这样过了三年，导师们发布的最终任务日期一点一点靠近。

有的人因为吃喝玩乐耽误了出村日程，选择放弃任务，继续留在村里；

有的人因为天赋异禀，单独通关了村外的Boss，提前进入外面的世界闯荡；

有的人凭着汗水和笨力气，日日夜夜地地打怪升级，攒了一身的好装备；

还有的人头脑机灵，花重金收买了村口守卫，偷偷地出了村。

更多的人选择组队挑战——在战斗之前交换有用的装备和战斗技巧。

当他们来到村外，看到徘徊在平原上的那个终日在他们脑海里挥之不去的噩梦，或者说目标的时候，新手们彼此对视了一眼，带着紧张兴奋的心情和微微颤抖的双手，向着它冲了过去。

战斗开始的时候，新手们发现这不是一个组队能完成的战斗。每个人都面对着同样的攻击和同样的伤害，一个Boss变成了和己方人数相当的Boss。

这让新手们有些猝不及防。

但很快地，那些往日联系过的技能和动作都慢慢浮现在了他们的脑海里，他们渐渐开始有了信心去应对那些砸过来的伤害和法术。

战斗持续了很久很久。

当最后一个Boss伤痕累累的身躯倒在平原的大地上时，同样伤痕累累的新手们看着任务栏里最后一个任务从灰色变得闪闪发光。

"任务完成"四个简单的字符出现在他们头顶。

他们收起了沾满血迹的长剑和盾牌，失去力气的他们瘫坐在染血的平原上，身上的铠甲发出铿锵的绞合声。

三年了。

新手们突然陷入了莫名的旋涡，他们从来没有怀疑过这个目标的真实，但是在结束的那一刻，他们却感受到了一种难以言说的失落。

但是，总归，他们终于从新手村毕业了。

导师们都看在眼里，他们心里清楚，但却从来不说。他们站在村口，微笑着迎接凯旋归来的新手徒弟们，拍拍他们的肩膀。

每年都会有一批新手出现在新手村的大门口，懵懵懂懂地注视着这个世界。

但是说到底，他们的天赋很大程度上决定了他们会以何种姿态进入这个游戏。

至于结果，没人知道

不管你有没有准备好，欢迎来到游戏世界。

七

阿刚是学校里的一号人物。

之所以说阿刚是个人物，是因为他不是个人才。

高一分完班之后，学校里突然刮起一阵传闻，说理科重点班出了个很牛逼的人物，叫嚣着要超过所有重点班的人，还要顺带把他们挤扁了放在地上踩两脚。

后来我知道此人叫阿刚。

众所周知，按分班成绩划分出的两个重点班也是有差距的，前四十名被分进了第一重点，接下来四十名进了第二重点。

刚听说这件事的时候我觉得此人颇有勇气和毅力，凭一己之身欲对垒众多高手。

经过同学指引，我点开了阿刚的微博个人页面，想进一步了解事情的起因。

映入眼帘的是几句话，大意如下。

"老子天纵奇才却考进了这所学校，真是莫大的耻辱。"

"下次考试不拿第一我就不叫阿刚。"

"等着吧，那些前几名不过如此。"

"又拿了这么高的分数，我真帅。"

阿刚同学的微博内容自分班结束之后可大概总结为一句话：

"不是我针对谁，我只是想说，在座的各位都是垃圾。"

　　然而说归说，阿刚同学也确实拿过不少好成绩。

　　各种大考的表彰大会也经常能够看到他上台领奖的身影。

　　有一次表彰大会结束，我在厕所换下礼服出来，正巧碰见穿着礼服的阿刚和另一个同学远远走了过来，他手里拿着一个半红半黄的苹果，抛起来，接住，再抛起来，再接住，嘴角带着得意的微笑。

　　那个轻蔑的微笑和眼神仿佛在说："这个厕所里的人都是垃圾。"

　　又过了很久，大家几乎把这个人淡忘了。在某天的一节课上，某个老师说了这么一句话。

　　"我带过理科班的课，有个叫阿刚的学生上课态度特别不端正，不光是课本和同学，他连老师都不放在眼里。"

　　"我觉得这个学生人品有问题。"这个老师最后摇了摇头。

　　我："这不是前段时间的那个家伙吗？"

　　同桌："对啊，那个阿刚很狂的。"

　　我："连老师都不尊重啊。"

　　同桌："听说也不是一次两次了。"

　　这件事很快也被我们遗忘了。

　　从高三开始，阿刚这个名字就渐渐淡出了人们的视线，表彰大会也很少看到他的身影。

　　不知道是因为阿刚的铮铮铁骨被磨砺得差不多了，还是重点班的学生们动了真格，大考的理科前十几乎被重点班其他学生尽数包揽。

最后，高考的前二十名里再无阿刚。

同学："你记不记得有个叫阿刚的人？在考学上很狂的那个。"

我："狂兮狂兮奈若何。"

同学："你说啥……"

我："出来玩就好好玩呗，提这些关于学习的事情干吗？"

故事讲完了。

合群之马

其实，大家都熟悉回头草的味道

一

一个常年去马场游乐的朋友给我讲过这么一个事情。

在一个马场里边，若是有一匹个性太强，不易驯化的烈马出现，那么这个马场的主人就会想尽办法将这匹马转手，而不是将其留在马厩当中。

原因很简单，这匹桀骜不驯的马势必会扰乱马场的秩序，搞不好还会带乱马群的脚步，让它们变得不服管教。

而相比之下人就聪明了许多。

尤其是我和同窗们。

我们会在学校的生活中经历许多不合乎内心想法的事情，但又不能总是暴露心里的真实想法——这对人际关系没好处。

道理如下：一个性格色彩太过鲜艳的人很容易在一个色调相对

统一的群体中被大家识别，继而被孤立，最后被排斥。

就像病毒在进入血液之后一定会遭到白细胞和淋巴细胞的吞噬和围攻一样。

聪明的学生会选择低调的方式表现个性，同时不至于被群体排斥；

一般的学生会尽力迎合大家，使自己看上去合群，小心翼翼地维护交际圈；

笨学生要么拼尽全力张扬自己，要么一言不发沉默至死——结果都一样，他们还是无法进入圈子。然后他们会被冠上"不合群"的帽子。

最终陷入沉默的旋涡。

看到这里，有人会说圈子不同，何必强融。

这不是圈子不同的问题，这是有没有圈子和自我意志的问题。

性格再孤僻，爱好再特别，只要有一个理解和包容自己的群体，任何人都不会随时置身于孤独之中。

再者，如果自我意志足够强大，能耐得住寂寞和别人的指指点点，而不至于道心不稳。

可这样的人太少太少，而找不到圈子的学生太多太多。

那么这些处于人际边缘化恐惧中的学生又会怎么选择？

大多数时候，他们会努力去迎合大多数人，尽管这种迎合有时候是无意的，但实质上还是内心对他人认可和接纳的渴望。

实际上，就算是共处一个交际圈内的同学之间也会出现这种下意识的迎合。

每个人都在维护自己的朋友圈，而成本最低的办法就是顺从自己的集体。

因为越是亲近，被疏远后的代价和落差感就越大，而这也恰恰导致了一些观点和行为绑架的情况出现。

我不喜欢"道德绑架""价值观绑架"这一类的词汇：别人又没有拿刀架在你的脖子上，让你承认他是对的——但是写到这里我才发现，有时候绑架行为也可以是自愿的，被绑的人会心甘情愿地对绳子献上自己的双手。

迎合了大多数人的观点，就相当于一屁股坐上了同一辆战车，从此利益相关，彼此有了照应。

讲个故事。

班里每周都开会。

投票也是常有的事，不管是三好学生还是优秀干部，或者是讨论班服的款式，举手也是最常用的方法。

"选方案一的同学举手。"班干部在讲台上喊。

底下稀稀拉拉地举起了几只手，还有几只犹豫不决的手在抬起落下之间纠结。

"选方案二的举手。"

台下唰地举起了不少手臂，三五秒之后，又有不少手臂抬了起来。

"方案三。"

几乎没人举手。

"一共三个方案，你们还没举手的是弃权吗？"班干部有些不耐烦。

"重新举一遍。"班干部扫了一眼讲台下方。

"方案一。"

一两个手臂犹豫着抬了起来，众人开始注视这两只手臂的主人。

"方案二。"

齐刷刷的一片手臂。

"方案三就不用选了。"班干部看了看台下，似乎挺满意。

即使依旧有人以弃权来捍卫自己最后的倔强，但是更多的人还是选择去迎合大部分人——毕竟这样一来可以不使自己陷入尴尬的境地，二来还可以尽快地结束这轮投票。

在作出同一个选择的一瞬间，一批人自然地就站成了一列，而此时他们的立场就会与另一些人鲜明地对立起来。

人多势众必然带来荒唐的优越感和对异己的排斥感。

这种非自然的现象，会准确无误地发生在每个人的学生时代。

"合群"这个标签有时比"善良""聪明"更容易使人满足。

如果仅仅是迎合一些无关紧要的投票那倒无可厚非。

这种迎合往往还会建立在对失去交际圈的恐惧和对别人的排斥

之上。

三

举个最典型的例子。

A君是个其貌不扬，成绩吊车尾，同时性格安静不善言辞的人。A君喜欢把事情放在心里，不去跟任何人讲，所以他没什么朋友。

B君、C君和D君是几个要好的哥们，平时混在一起打打闹闹。

E君是个有些胆小的男生，长相平平但又渴望着像BCD三个人一样勾肩搭背出出进进的友谊。

为了和BCD打成一片，E君每天都会尝试着和他们一起聊天吃饭打球。

渐渐地，BCD和E君熟悉了，开始把他纳入圈子。

但是E君发现，有时候BCD三人一起行动的时候没有主动叫上他，但是又不会拒绝自己随后的加入。

E君开始心生恐慌，但是胆小的他一边要维护着来之不易的交际圈子，又不能表现出不满的情绪。

他选择更多地服从群体，其他人的决定在他眼里就是自己要做的选择。

有一天，老师叫同学们自由组合成若干小组，五人左右为一组。

BCD三人快速地聚在了一起，用信任的眼神看着对方，E君看见了，也迅速地靠了过去，四人决定组成一组。

A君因为不善交际，几乎没有优点的他自然不在其他人的组员名单之列。

最后，老师看着孤零零坐在座位上的A君，开口说："有没有四个人的小组？"

B君举起手。

老师："那B同学，让A同学加入你们组吧，这样你们组正好五个人。"

B君看了一眼角落里的A，眼神很平静，但是心里却一阵反感。

老师："看你们犹犹豫豫的……这样吧，今天民主一回。你们组员举手表决，同意五人一组的就举手。"

E君心想多一个人也无所谓，正想举手却看见了B的眼神。

B君看了三人一眼，对他们轻轻摇了摇头。

最后没人举手，A君被安排进了另一个五人小组。

很久之后，每当想起这件事，E君的心里总有些不是滋味，但是更加令他难受的是B君当时近乎拷问的眼神。

不论怎样，我们都逃不出这些旋涡。

四

"夫为天下者，亦奚以异乎牧马者哉？亦去其害马者而已矣。"

我们一直在避免自己变成性格不合群的，有害的存在。为此我们戴上各式各样的交际面具，披上各种颜色的外衣，努力去迎合并成为别人眼里的同类。

有人赢得了一个稳固的朋友圈；有人随时处在交际圈的边缘；有人始终徘徊在几个圈子中间。

高三那年，我十八岁生日的晚上，收到了好友的一张明信片。

"你曾经说过，拥有相同羽毛的鸟儿，最终都会聚在一次。"他这么写道。

"生日快乐！"……

可惜这么有哲理的话并不是我创造的。

最后，做不做一匹合群的马在于自己。

看起来再温顺的马，都有着死不服输的天性，就看你怎么选择。

在栅栏外解放天性，还是在栅栏里老实温驯。

我想，只要鬃毛的颜色相同，不论性情相近与否，只要奔跑在草原上，那些马总会有相遇的那一刻。

"原来这才是我的同类。"它们直到看见彼此的一瞬间才明白过来。

迈开马蹄，打着响鼻。

身下是青草和泥土的香气。

十三天

　　请你用诗，琉璃和青春打造一个美丽却易碎的梦，再用无数的花瓣装饰它，最后，请虔诚地目送它在时光里慢慢远去。

　　卓其华微微低头，看着面前的陶天天。

　　这个月以来的所有事情仿佛穿了线一般，在卓其华的眼前——闪过。

　　这一切都加速着他的眩晕。

　　身后，桃花林泛着梦境般的光。

一

　　"听老刘说，这几天要转来一个插班生？"

　　一个烟头被狠狠掐灭在男厕所的地砖上。

　　"蚊子，跟你说了别在这儿抽，你还想被老刘抓一次，啊？"站在小便池前的高个男生侧过头，抽了抽鼻子。

　　蹲在厕所尽头的一个身影抖动了一下。

"谁知道老刘会跑到这个厕所来——明明办公区有厕所嘛。"

叫蚊子的男生站了起来，侧过脚，唰地一下，把烟头踢进了小便池。

"哟，这不是卓大公子嘛……怎么，这是亲自上厕所啊？"蚊子看着走进厕所的人，咧开嘴。

走进厕所的人看了一眼角落里的蚊子，走到边上一个小便池旁，一声不发地解开裤子，目光停留在眼前的瓷砖上。

"哗啦啦——"厕所里只剩下潺潺的流水声。

角落里的蚊子见无人回应自己的嘲讽，觉得有些尴尬，就往前走了几步，瞟了一眼身旁的卓其华。

"真搞不懂成天待在厕所里的人，这儿什么东西那么有吸引力。"

蚊子身后传来淡淡的一句话。听罢，他的眼角抽动了一下。

他用力拧开水龙头，洗了洗手，朝洗手池里狠狠啐了一口，转身出去了。

卓其华吁了口气，提上运动裤，走向洗手池。

洗手的时候，他发觉自己有些头晕。

二

"卓其华这个学生，要长相有长相，要身高有身高，成绩还特好。"

这是老师们对卓其华的评价。

的确，一米七八的身高，在南方城市不算高但也绝不算矮；黑中带点栗子色的头发，白净的皮肤，再配上细长的眉毛和高挺的鼻梁。

卓其华就是个长得虽不惊艳，但却恰到好处的男生。

"岐花，有你的'快递'。"卓其华刚刚坐到位子上，身后有人拍了拍他的肩膀。

卓其华没有回头，把右手伸到左肩上，张开两根手指。

"嘿，你还这样拿上瘾了是怎么着。"身后的声音有些不屑，随后一张折叠好的信纸塞到了卓其华的两指之间。

"这次又是谁的啊，韩奕。"卓其华把纸片扔在桌上，扭头对着来人咧了下嘴。

身后的韩奕迈了一步，半蹲在卓其华的身边，一只胳膊搭在他的肩膀上。

"还能是谁啊，隔壁班的长腿小仙女儿呗。"韩奕说着，眼睛眯了起来，看着卓其华板着的侧脸。

"你说你这么好的条件干吗不答应这帮妹子啊？"韩奕邪邪一笑。

"人家都给你递三回情书小纸条了。"

卓其华翻了个白眼，摇摇头："那种类型的我不喜欢。"

韩奕挑了挑眉毛，往卓其华身旁凑了凑。

"莫非你喜欢我这种类型的？"他抽回手臂，用胳膊肘狠狠顶了卓其华一下，一本正经地说。

"卧槽疼疼疼……"卓其华侧过身子。

随后是一个加大号的白眼。

"认识你这么多年了还是这样……"卓其华撩了一下头发，拿起桌上的信纸。

"从小玩到大，你比我成绩好这点我认了。但我是不会嫌弃你没我帅还没我高的，哈哈哈。"韩奕拍了拍卓其华的肩膀，潇洒地往教室后门走去。

"真是杠铃般的笑声……"

卓其华用指尖捻了一下信纸工整的边角，把它展开，扫了一眼上边的内容。

几行字映入眼帘：

假如

流年最美

是，风会笑

假如

韶华最迟

是，春未到

假如

答案最好

是，你知道

卓其华没有看署名。他似乎笑了一下，把这张信纸一折两半，放进桌下的抽屉角落里。

"不过韩奕这小子确实长得不错。"他心里叨咕了一句。

下午有老刘的语文课。

老刘是实验班的班主任，四十六岁的老男人，透着浓浓的学究气。

"嘎哒，嘎哒"，楼道里传来老刘特有的皮鞋在地板上摩擦的踢踏声。

教室里的嘈杂声隔绝了脚步声，交头接耳的声浪溢出了教室大门。

似乎是听见了自己班里的吵闹声，老刘的脚步声渐渐加快。

"老刘是不是忘了今天下午有课啊？"蚊子扭过头，把一个纸条丢给了身后的超哥。

"管他啊，别打搅老子看书。"超哥合上课本，扫了一眼纸条上的文字。

"我下午不打球，你找卓其华他们去。"超哥挪动壮实的二头肌，摆了个舒服的姿势，继续看书。

"哎呀不就是个期中考试吗，这不是还有一个月……"蚊子提高了声调。

"嘎哒"，皮鞋的摩擦声在教室门前戛然而止。

班里嘈杂的声音骤然低了三个八度。

蚊子的高亢的尾音在逐渐消散的声浪里显得尤为突出。

老刘站在教室门口，脸绷得紧紧的，一对金丝镜片后的视线从讲台扫到后门，在蚊子的身上停留了0.5秒，最后落在了教室后墙的挂钟上。

"今天我迟到了一会。"老刘轻声咳嗽了一声，迈步走上讲台。

"不过呢，你们自己看看考试倒计时——有在这侃大山的时间还不去复习古文，都高二了还要我整天盯着？"

"课代表，发卷子。"老刘左边胳膊肘一松，抖落下一叠试卷，随即他右边胳膊肘一松，课本和教案落在了讲桌上。

课代表叶甄蓁连忙从座位上站了起来，甩了一下马尾辫，噔噔噔跑上了讲台拿了卷子。

"你们一边看卷子，我一边说个事。"老刘拿出手机开始翻找。

叶甄蓁从第二组开始发卷子——她认真地数了五张，唯独没数第二组后排卓其华和韩奕的。

"后边没有了。"卓其华扭头对韩奕说，卷子传到他前桌就没了。

"那你不会去拿啊，大傻逼。"韩奕伸出腿，踢了一下卓其华的椅子底板。

卓其华翻了个白眼，站了起来，朝着叶甄蓁走了过去。

"我们少两张卷子。"卓其华说。

"哦，噢！好的！"叶甄蓁抬头看了一眼卓其华，眨巴了一下眼睛。

"……你看我干啥？"卓其华猛地想起这个场景在以前似乎出现过。

"喏，两张卷子。"叶甄蓁低头数了两张卷子，脸颊有一抹红色一闪而过。

这时老刘终于在手机里找到了什么，清了清嗓子。

"明天早上会有一位转校过来的新同学加入我们班，在这里跟你们提前说一下。"老刘放下手机，拿起一支黑色的白板笔。

"这是新同学的名字。"老刘掀开笔帽，在白板上"唰唰唰"写了三个龙飞凤舞的大字。

"陶——天——夭？"不少人念了出来。

"天呐怎么又是个女生。"韩奕小声嘟囔了一句。

"好了，就这个事。现在写题吧，动作快一点。"老刘催促道。

卓其华盯着白板上的字，他隐约有些头晕。紧接着他便没来由地觉得这名字很熟悉。

就像自己小时候发烧时吃的橡皮糖，在记忆里的什么地方模糊地甜过。

可就是想不起来是个什么味道。

卓其华低头翻了卷子。

桃之夭夭，_____——《诗经·桃夭》

最后一题看起来很简单。

三

周三的早上。

"超哥！十一班方向发现一个美女。"蚊子和超哥从饭堂出来，蚊子抹了一把嘴，看着二楼说。

"哪儿？哪儿有美女！"超哥虎躯一振，睡意惺忪的双眼顿时有了精神。

"喏，就在十一班门口啊——可我没见过她，应该是从理科班来的。"蚊子眯起了眼睛。

超哥抬起头看了看，一个高挑的女生靠在栏杆上，早晨的阳光洒在她的长发上。

超哥用力抓了抓蚊子的肩膀："你不是和十一班的女生比较熟嘛……去帮我打探打探这个妹子的情况，嗯？"

蚊子一脸坏笑，点了点头："那这周末的游戏币……"

超哥一拍胸脯："老子包了！"

周四是语文早读，叶甄蓁早早地到了班里，站在讲台上，低头圈点今天要读的内容。

"咣当！"教室后门被猛地撞开，卓其华的背部出现在门口，随即他几个趔趄，从门口退了进来。

韩奕双手抓着卓其华的腰部，一边使劲挠动，一边往前冲。

"哈，哎哟，痒，你妹啊别挠了……"卓其华难得地叫喊了起来。

教室里只有讲台上的叶甄蓁，和少数几个早起的女生。

"哒哒哒"，韩奕没有停手，反而加快了脚步，卓其华一边挣扎着一边后退。

"扑通！"卓其华的腰部碰到了一张桌子。这时韩奕双手一用力，卓其华一个仰面就倒在了桌子上，身后的书包发出"噗"的碰撞声。

"我草，韩奕你可以了……"卓其华艰难地挪动了一下身子。

韩奕带着一丝古怪的笑容，一手按住卓其华，一手顶在他脸不远处的桌面上，俯下身子说："说，你以后还乱用我的洗发水、沐浴露，牙膏外加洗面奶不？"

班里仅有的几个女生全体转身，带着神秘的微笑，朝着教室后方投来关切的目光。

尤其是讲台上的叶甄蓁，看了仰面倒在桌上的卓其华一眼之后，朝着韩奕投来一束炽烈的眼神。

卓其华："谁知道你洁癖这么严重……"

韩奕："就是你的错，还不承认。"

卓其华："我承认，回去借你PSP行了。"

韩奕："加移动电源——我手机没电了。"

卓其华："……那你先让我起来。"

韩奕："我还没玩够呢，大岐花，再让我挠挠。"

卓其华："滚蛋。"

韩奕撇了撇嘴，抽手起身。

早读在欢快的铃声和一片睡眼惺忪里开始了。

"《论语十则》，子曰……"叶甄蓁晃动了一下马尾辫。

大家哇啦哇啦地跟着读。

"诗经三首，《桃夭》……"叶甄蓁扫了一眼课本。

大家还是哇啦哇啦地跟着读，声音明显小了很多。

"《春江花月夜》，春江潮水连海平……"叶甄蓁注意到几个趴在桌上呼呼大睡的家伙。

讲台下沉默了一会，变成了降调变奏朗读。

叶甄蓁有种想摔书的冲动。

"都打起精神来！"后门口传来一声断喝。

老刘挎着公文包，头发有些凌乱，背着双手出现在门口。

叶甄蓁仿佛看到了救星，清了清嗓子："《长恨歌》……"

"只是因为在人群中多看了你一眼……"老刘的公文包里传来了手机铃声。

老刘退回走廊，翻出手机："喂？刘主任，对，我是第一节课……嗯，你让那个孩子过来吧，马上就上课了。好的再见。"

教室里的读书声短暂地变轻了。

老刘像以往一样，两只胳膊分别夹着试卷和课本走进了教室。

"同学们，今天上课之前有一件事情。"老刘麻利地抖落两叠东西。

"这学期我们班转来一位新同学。"老刘扭头看了一眼大门，示意门口的人走进来。

班里靠窗的两组人伸长了脖子。

一阵风从门口刮过，几瓣桃红色的花叶被风吹进了教室门口的门槛上。

一个女生轻轻地走了进来，小心翼翼地上了讲台，看得出她有些紧张。

"这……"蚊子和超哥睁大了双眼。

这不就是今天早上看到的那个美女吗？蚊子的心里万马奔腾。

女生原本披散的长发被整齐地扎在了一起，前额梳起了一道微微倾斜的刘海。

"长得好甜啊。"后排有女生窃窃私语。

"这身材，啧啧啧……"几个男生用眼神交流着。

老刘清了下嗓子："好，欢迎新同学加入咱们班！"说完他不急不慢地鼓起了掌。

大家也跟着哗啦啦地鼓掌。

"来，请新同学做个自我介绍吧，大家以后就是一家人了。"老刘罕见地露出了近乎慈祥的微笑。

女生看了看老刘，眨巴了一下眼睛，似乎想了想。

"嗯……大家好，我叫陶天天。"女生背过双手，脸颊微微有些泛红。

"我是从隔壁的二中转来的，希望大家多指教，谢谢啦。"说完，女生微微鞠了一躬。

随即是哗啦啦的掌声。

"嗯，大家以后多帮助陶天天同学，有什么问题随时来找老师就好。"老刘拍了拍手。

"你就坐在……"老刘看了看后排的空位。

第三组的最后面有个空位。

"你先坐在第三组的那个空位上吧，以后可以再做调整。"

陶天天点点头，背着书包走到了第三组最后一个座位上，坐下。

座位的斜对面是卓其华。

而此时的卓其华正在应付身后韩奕的骚扰。

"咚，咚，咚"，韩奕正在有一下没一下地用脚尖敲击卓其华的椅子底板。

卓其华不胜其烦，从笔记本上"唰"地撕了一张纸，拿笔写了些什么，折成一半猛地扔向身后。

韩奕拿起语文课本一挡，纸条被扇到了韩奕的左边。

"吧嗒"，刚刚拿出课本的陶天天发现自己桌上多了一张对折的纸条。

"把书翻到一百零三页！"老刘开始准备板书。

韩奕刚想开口解释，没想陶天天已经伸手打开了纸条。

看了一眼，陶天天的脸上出现了疑惑的神情，进而变成了微微的吃惊。

卓其华发现后边没了动静，扭头看了韩奕一眼。

随即他发现自己的纸条在后边的陶天天手里。

韩奕朝着卓其华摆了摆手，示意他别说话。

"那个，同学，纸条是我前桌的，能还给我吗？"韩奕微微侧身，小声地说。

陶天天似乎愣了一下，看了不知所以的卓其华一眼，似乎意识到了什么。她笑了一下，把纸条递给了韩奕。

完全没有发现前排蚊子和超哥不时的回头和惊讶的眼神。

韩奕没有看纸条的内容，把它扔回给了卓其华。

"这俩小子这么快就和她搭上话了？"

四

下课之后，卓其华站了起来，拉住韩奕的袖子："跟我走一趟。"

"哎，你别拉我嘛，有话好好说。"韩奕尴尬地笑着。

两人来到走廊角落，卓其华抬起手揉了揉太阳穴。

卓其华："我给你的纸条怎么跑那女生手里了？"

韩奕："咳咳，我就是用课本挡了一下，没想到……"

卓其华："你让我说什么好啊……"

韩奕："岐花，你都写了什么啊？"

卓其华："你，你个傻X，以后再这样信不信老子不理你。"

韩奕："噢。"

"噢"字还没说完，韩奕"扑哧"笑了出来，弯下腰不停地颤抖着。

"接着笑，敢情尴尬的还不是我啊？"卓其华踹了韩奕一脚。

韩奕本能地躲闪了一下。

"行了行了，我回去和那个陶天天解释一下，你别生气了啊。"韩奕拍了拍卓其华的大腿，依旧笑得很开心。

"哎，韩奕。"卓其华突然正色道。

"干啥？"

"你觉得那个陶天天怎么样？"卓其华靠在墙上。

韩奕的笑容似乎被什么东西扯了一下，但是很快这种变化就消失了。

"长得挺漂亮的。"韩奕站了起来，一本正经地说。

"而且，根据我的判断，她属于小家碧玉级别的漂亮。"韩奕摸了摸下巴。

"漂亮的女生嘛，给我的感觉大概分成三级：第一级呢，就是略有姿色，放在人堆里一眼能认出来，但是没多久就忘了。"韩奕看了看对面墙上的挂画，是一幅维米尔的《戴珍珠耳环的少女》的廉价复制品。

"第二级呢，就是小家碧玉，看一眼能记住，多看几眼说不定会喜欢。"韩奕瞄了一眼卓其华。

"第三级嘛……就是倾国倾城咯，不过没整过容还能有这个颜值的人，我是没见过。估计古代四大美女是天然的吧，别的我就知道了。"韩奕抬起脚，在空中晃了一下。

卓其华认真地端详着韩奕，冷不丁说了句："没想到你还挺有研究心得的嘛。"

韩奕从鼻孔里"哼"了一声，没有说话。

两人正说着，不远处的楼梯上下来一个人。

"哟，韩奕。"一个染着淡淡黄色头发的高个子男生走下楼。

"嗨，乔松。"韩奕瞟了一眼来人的黄色头发。

"你怎么染成这颜色了，会被学生处抓的吧。"韩奕皱着眉头。

高个子男生看见韩奕后似乎很高兴，快步走了过来。

"我染得很浅，检查的时候弄乱一点，遮一遮就好了。"乔松没有理会一边的卓其华。"你觉得怎么样？"他问韩奕。

韩奕好像有些不耐烦，微笑了一下说："还不错，快去办你的事吧。"

乔松看了一眼卓其华，视线停留在地上。

"那我走了哈。"乔松露出一个大大的微笑。

韩奕没有回应，点了点头。

"岐花，我们去散散步呗？"韩奕转头问卓其华。

五

"刘老师，情况您都了解了吧？"

办公室最角落的一张沙发里，老刘看着茶几上堆放着的大小礼盒，有些不知所措。

一个中年女人坐在对面的椅子上，用手挪动了一下闪着光的提包。

老刘的眼里闪过提包的光芒，随即他堆上了笑容，忙不迭地说："陶天天妈妈，情况呢我都提前了解过了，可是实验班毕竟……"

老刘看了一眼桌上的瓶瓶罐罐，吸了一口气说："毕竟有升学率的考虑，您女儿将来要走艺考路线，为什么当初不选择我们学校的艺术班呢？"

中年女人听罢，拿手掩了一下嘴，似乎咳嗽了一下。

"刘老师，您应该知道艺术班的学习氛围吧？"中年女人看了老刘一眼。

老刘心里一动。

"对于我来说，女儿的心情和性格发展最重要，艺术班虽然有好处，可是就咱们学校来说，倒不如让她进一个学习氛围好一些的实验班，您觉得呢？"中年女人抬起手腕，露出一块白晃晃的小巧腕表，看了看时间。

"时间也不早啦，我得去公司上班了——这儿的事就先拜托您了，刘老师。"

老刘站了起来，看着茶几上的大包小包，有些为难地说："陶天天妈妈，这个东西啊，我真的不能收。"

中年女人一怔，随即笑了笑："都是些茶叶点心。刘老师要是不能要，就分给这里的老师们吧，再说每人也分不到多少，就是一点心意。"

说完，中年女人没有给老刘进一步说话的机会，迈步走向办公室大门。

"刘老师，我的手机号码已经写给你了，就在桌上。"

"哎，唉……"老刘应了一声。

看着满满一茶几的东西，他叹了口气。

"老刘啊，你迟早要摊上事啊……"他心里想着。

那天下午，办公室里的所有老师都收到了几包点心和茶叶。

……

"陶天天，以后叫你天天吧！"几个外向的小女生下了课就围着陶天天转悠。

"好啊好啊，我高中的外号一直都是天天，或者你们叫我陶十一也行，嘿嘿。"陶天天甩了甩刘海，对着几个女生露出甜甜的微笑。

韩奕靠在桌子上，有一页没一页地翻着书，看着这群女生说："你们几个怎么老是叽叽喳喳的，就不能安静一会儿嘛。"

几个小女生白了韩奕一眼，拉着陶天天去了教室外边。

"哦，天天你想考艺术类大学啊……"几个小女生的声音逐渐消失在走廊里。

韩奕用胳膊肘顶了卓其华一下："去不去厕所啊？"

"不去。"卓其华从胳膊缝里传来两个字，他正趴在桌子上补觉。

"那你借我数学作业看看呗。"韩奕蹲下来，伸手在卓其华的桌子抽屉里一阵乱翻。

"别乱翻我抽屉。"卓其华抽出一只胳膊顶开韩奕，"作业在我书架上，自己去找。"

"好好好，卓大公子接着休息。"韩奕伸手撩了一下头发。

这时他看见不远处整理试卷的叶甄蓁朝着这个方位投来了不太友好的目光。

韩奕轻笑了一下，往书架走去。

……

周五，陶天天转来的第二天。

不到七点，卓其华就提前下了宿舍楼，帮韩奕买了早餐之后独自进了教室。

教室里只有陶天天一个人。

"啊，嗨！"推开后门，看见教室后排的陶天天，卓其华愣了一下，随即打了个招呼。

陶天天正在看教材，看见卓其华走了进来，抬头微笑着招招手。

"嗯……你是卓其华吧？"陶天天不确定地问了一句。

"诶？我是啊。"卓其华刚刚坐到椅子上，身后传来这句话。

"你怎么知道我名字的啊？"卓其华转身问道。

陶天天笑着说："昨天很多人告诉我你成绩最好，而且昨天不是错拿了你的纸条了嘛，这就对上号了。"

卓其华眼角抽动了一下，尴尬地笑了。

"哪里哪里……那个纸条就是个误会，别在意，哈哈哈……"卓其华说完，注意到她桌上的几本教材，"对了，你在复习吗？"

陶天天点点头，随即她仿佛想到了什么似的，抬头说："我之前成绩不太好，所以昨天有些内容没听懂……今天想早点过来复习一下。"

卓其华"哦"了一下，点点头，慢慢转过身去。

"傻瓜！"卓其华心里有个声音大喊了一声。

"那啥……你要是有什么地方不清楚，问我也——"卓其华转过身，陶天天也抬起头看着他。

"咣！"后门被推开了。

韩奕站在门口，一只手揉着头发。看见教室里面对着的两人，他先是在原地愣了一秒。

卓其华看见来人是韩奕，转头接着说："问我也行。"

陶天天听了，笑了一下，点点头。

韩奕回头关上门，径直走到自己座位上，放下书包。

"岐花，我的早饭。"韩奕坐了下来，轻轻咳嗽了一声。

"哦，哦！"卓其华回头，"喏，面包和维他奶。"他反手从抽屉里抓出一袋面包和一瓶豆奶。

韩奕伸手接过，熟练地扯开包装袋，扎好吸管，吃了起来。

陶天天悄悄看了看自己右边座位上的韩奕。

"个子好高。"她心里想。

教室里突然安静了下来，只有塑料包装袋"咔嚓咔嚓"地响着。

……

中午的下课铃响了。

"天天，我们去吃饭呗？"几个小女生围了过来。

韩奕微微皱眉，似乎想把叽叽喳喳的声音挡在耳朵外边。

"韩奕，走啊，晚了还得排队。"卓其华拎起书包。

"嗯。走吧。"韩奕拉上书包拉链。

"你这双匡威啥时候买的？"下楼梯的时候，卓其华一边躲闪着拥挤的人流，一边看着身前的韩奕说。

"昨天晚上到的快递。"韩奕费力地绕过一个壮硕的男生。

"难怪你晚自习跑出去了，我还去办公室找了你半天。"卓其华快步闪过两个手拉手的女生。

韩奕没有说话，加快了下楼梯的步伐。

半个小时之后，韩奕躺在床上，噼里啪啦地玩着PSP。

"哎，奎爷怎么放大招啊？"韩奕盯着屏幕，朝着上铺喊了一句。

"这都不会？圆圈，圆圈，加三角。"

卓其华的手从上铺的床上耷拉下来，手里拿着一本《高考必背古诗词》。

"哦。"韩奕操作着人物左砍右杀。

"下午去不去打球？"韩奕一刀干掉最后一个小兵，"啪"地关上PSP电源。

上铺沉默了一会："不去啦，下午可能有事。"

韩奕盯着PSP的黑色屏幕看了一会，又摁开了电源。

六

"所以当y的值域落在1到正无穷大的时候，x的定义域应该分成这几种情况去讨论……"

数学老师用水笔把白板墩得"梆梆"响。

"所以最后的x取四分之三，而不是五分之三。做错的同学自己检查，今晚按照格式重新做一遍，明早交给我。"数学老师瞟了一眼教室后边的挂钟，话音刚落，下课铃响了起来。

"天天，我们去吃饭吧！"一群小黄蜂又围了上来。

陶天天收起数学笔记本，笑着摆了摆手说："我要留在教室自习一会，你们先去吧。"

小黄蜂们失望地"嗡嗡"叫了几声，一个接一个地走出了教室。

"韩奕！"一声震耳欲聋的断喝从前门传来。

超哥手里拿着篮球，一手扶着门框。

韩奕瞟了一眼坐在原地不动的卓其华，用力撑了一下桌面，站了起来。

"我去打球了。"韩奕走过卓其华的座位。

卓其华用胳膊肘碰了一下韩奕的腿，"嗯"了一声。

很快，教室里的人走得七七八八。

卓其华从抽屉里抽出了几本教材，放在桌子上。

"好啦，有什么问题？"他扭头看着陶天天。

陶天天做了个"稍等"的手势，从抽屉里"唰唰唰"抽出了几本书。

"先是政治，然后是英语和地理……哦对了，还有一点数学。"陶天天不好意思地笑了一下。

过了一会，教室里时不时响起"是人民民主专政""不，这里要用倒装句……""x定义域应该这么求，还有你的公式不对……"，以及一阵阵带点尴尬的笑声

"虽然感觉知识点有些混乱……不过你的声音挺好听的。"卓其华抓了抓头发。

"所以我的梦想是考进帝都艺术大学呀！"陶天天笑着说。

等卓其华推开宿舍门，满身大汗的韩奕正把头埋在水龙头下冲着。

"你不洗澡吗？"卓其华放下书包。

"唔，唔！"韩奕把脸埋在毛巾里，叽里咕噜地说。

"哦……知道了。"卓其华回头看了一眼人满为患的浴室隔间。

韩奕从水池里猛地抬头，甩了甩头发上的水珠。

"辅导完了？"

"什么啊……"卓其华打开柜子，把头伸进去。

"陶天天啊——范以超说他打完球之后看见了。"韩奕对着镜子擦着湿漉漉的头发。

卓其华关上柜门："看不出超哥这么八卦，嘿嘿。"脸上带着一丝微笑。

韩奕跨进宿舍，把毛巾往肩上一搭，顺手抓起两件衣服。

"她还真有不少问题……问得我手忙脚乱的。"卓其华"哧"地扭开一瓶汽水。

"而且我听说她想考艺术类高校——"卓其华扭过头，看着床边的韩奕。

"我去洗澡了。"韩奕拽着衣服径直走了出去，脸上沾着水珠。

卓其华拿着汽水站在柜子边上，怔怔地站着。

……

"超哥，你说卓其华勾搭上那个陶天天了？"蚊子抓着揉成一团的试卷，往半空中用力抛。

"可不，我这两天打完球回班里拿手机，都能看见他俩面对面复习呢，那热烈劲儿。"范以超抬起脚，踹了一下路边的塑料瓶。

塑料瓶打着转"骨碌碌"滚了很远。

蚊子眯着眼睛，瞟了一眼面有愠色的超哥。

"看得出你挺不爽嘛。"蚊子顶了一下范以超的胳膊。

"切。"范以超看了看对面女生宿舍楼的阳台窗户。

几件晾着的衣服在半空随风飘着。

"要不……咱们玩票大的？"

"那你想怎么干？难不成打他一顿啊？"范以超哼了一声。

蚊子摆摆手，抹了一下嘴。

"你不是认识几个开黑车的司机么，咱们周末想办法把那小子骗上车，然后带到我家的KTV里……后面的事就随你怎么开心怎么来了，灌倒了揍一顿也行。"蚊子的呼吸微微加快。

范以超的胸脯上下剧烈起伏了几下。

"你想怎么骗？"他问。

蚊子耸了耸，突然他停下脚步："昨天韩奕打完球，说他这几天心情很糟糕来着？"

范以超点点头。

"他有没有说是为什么？"

范以超想了想："我就提到卓其华没来打球，然后他好像更烦躁了。"

蚊子听了，伸手从灌木丛上扯下一片叶子，捏在指尖转了一圈。

周末到了。

卓其华和往常一样，拉着行李箱在校门口站着。

韩奕站在旁边玩手机。

"我老妈的车来了。"卓其华仰头看了一眼马路对面的街道。

不一会，一辆银白色的轿车停在马路边上，车窗降了下来。

高中的天空

▼

143

一个留着长卷发的中年女人向卓其华和韩奕招了招手。

"妈，你把后备箱打开。"卓其华弯下腰。

"开了开了……哎！韩奕也在，快上车吧！"卓其华老妈热情地招呼着。

两人坐上后排座位，韩奕打了个招呼，就低下头盯着手机，不知道在看些什么。

"这个星期累不累啊。"卓其华老妈关心道。

"还好啦，每天都是那么多作业。"卓其华靠在软垫上，伸了个懒腰。

车子在红绿灯前停了下来。

"韩奕又长高了吧，这孩子从小长得就快，哈哈哈。"卓其华老妈扭头看着韩奕，笑眯眯地说。

韩奕抬起头，不好意思地笑了笑："好像是吧，我就是个子长得快了点。"

"不像我们卓其华，从高一开始就不怎么长个子了，唉……"卓其华老妈摇摇头。

卓其华翻了个白眼。

"你们这些男孩子，跟我那帮学生一个样，没事就看着手机不放，搞不懂你们是在学习啊还是聊天，特别有几个男生成天追着女孩子谈恋爱。现在的孩子们……"卓老妈开始滔滔不绝地说着。

"妈，你专心开车吧！"卓其华没等这句话说完，打断了老妈的发言。

"行行行，我不说了啊，回家给你做好吃的——韩奕要不要来家里吃点东西？"

韩奕关上手机："今晚老爸提前回来，已经做好饭了，我得先回家。"

……

晚上。

卓其华正躺在沙发上看小说，身旁的手机"叮铃"一响。

他拿起来一看，是韩奕的信息。

韩奕："明天晚上有空吗？"

卓其华："啥事？"

韩奕："去唱K。"

卓其华："怎么突然想唱歌了？"

韩奕："就问你去不去吧。"

卓其华抱着枕头想了想，觉得没什么不去的理由。

卓其华："几点啊？"

韩奕："七点半，我来找你。"

卓其华："那行，我等着。"

卓其华移动手指，刚想切换对话框，就看到韩奕的状态栏变成"正在输入中"。

过了一会，"正在输入中"消失了。

可韩奕却没有再发信息过来。

……

卓其华看了看表，已经是晚上七点二十分。

"那个KTV好像很远啊。"他一边穿鞋，一边想着。

"别忘了带钱包，手机和钥匙。"卓其华老妈收拾着桌上的碗筷，一边叮嘱着。

"带着了带着了。"卓其华坐到门口的小凳子上，打开手机。

"叮"，系统提示有一条新信息。

是陶天天的。

陶天天："有几道数学题想问你，现在有空吗？"

卓其华："这……我一会要出门，你先发过来也行，晚一点我再回复你呗。"

陶天天："那就算啦，我先琢磨琢磨。"

随后她发了一个大大的微笑表情包。

"叮"，又一条信息。

韩奕："我到你家楼下了。"

卓其华："这就来！"

韩奕穿了一身黑，尤其是脚上的一双黑色小皮靴，擦得锃亮。

"哟呵，挺帅的嘛。"卓其华拍了一下韩奕的肩膀。

韩奕眨了眨眼睛。

"我刚才预约了私家车，就停在小区门口。"他掏出手机。

过了几分钟，两人坐在了一辆蓝色凯美瑞里。

"去皇冠KTV，明溪路上的那家。"韩奕对着司机说。

司机回头看了看，点点头："好嘞！"

一路上韩奕都只是低着头玩手机。

"吱——"离目的地还有一条街的时候，司机猛地一个急刹车。

"大晚上的不看路啊！"司机探头出了车窗，对着路边的一辆三轮车大吼。

韩奕一直低着头，突然的刹车使他重心不稳，猛地向前冲去。

就在他马上要撞到前排座位的时候，一只胳膊伸了过来，抵住了他的肩膀。

"我说，你小心点啊。"卓其华一只手拉着车门把手，一只手抵住了韩奕前冲的肩膀。

韩奕没顾上滑掉的手机，眨眨眼睛，笑了一下："谢啦，岐花。"

卓其华摇摇头："你这两天怎么搞的，丢魂儿了啊。"

韩奕垂下视线，捡起手机："一会唱什么歌，快点想。"

卓其华掏出手机，点开音乐。

"我最近喜欢听Maroon 5的歌，其他的你随便选，反正我唱得不好，哈哈。"

轿车在一家灯火闪耀的KTV前门停下了。

韩奕付过钱，和卓其华下了车。

"两位里边请，移步前台订房谢谢！"门口的服务生麻利地拉开玻璃大门。

走到前台，服务生问："两位吗？"

韩奕犹豫了一下，但还是点了点头。

"哎，你俩怎么来这了？"二人身后传来一个熟悉的声音。

两人回头一看，蚊子和范以超正迈步从楼梯上走下。

蚊子："你们是来唱歌的啊？"

韩奕："是啊，你们也是来玩的？"

蚊子说："那咱们一起呗，其实这儿是我家开的，都是自己人，随便唱。"

超哥瞄了一眼卓其华。

韩奕笑了一下："那也行，一起唱吧。"说完看着身边的卓其华。

卓其华点点头。

蚊子扭头对前台服务生说："一个豪包，先开三个小时。"

服务生低头在电子屏上敲了几下："401房，小徐，带客人上去。"

一个穿着马甲的白净服务生走了过来："几位跟我来。"

七

五分钟之后。

"让一让，我要点歌！"蚊子拉开霸占着点歌台的范以超，一口气点了十首周杰伦。

"韩奕，你不点歌啊？"卓其华看着歌单上的几首Maroon 5，对韩奕说。

韩奕征了一下，似乎在出神。

豪华包间天花板上不停转动的彩灯和反射球，在韩奕脸上闪过一道又一道光芒。

"哦……我这就去。"韩奕看了一眼忙得不亦乐乎的蚊子和范以超。

"我帮你点了一首《想自由》，林宥嘉的。"卓其华"嘿嘿"一笑，"你去年不是有几个月都在唱这首歌吗？"

"行啊，挺了解我。"韩奕一拍沙发。

蚊子抓着麦克风，开始了嘶吼的周杰伦专场。

范以超在蚊子唱第一首歌的时候还能保持镇定，但随着蚊子的一个又一个颤抖的高音，他再也忍受不住了，一把抢过麦，在触控屏上狠狠地点了切歌。

"超哥，你这就不厚道了。"蚊子抱怨道。

范以超咳嗽了一下，看了蚊子一眼。

蚊子眨巴了几下眼睛，随即一拍脑袋。

"我去拿几瓶酒，等着啊。"他拍了拍手，拉开房门走了出去。

韩奕盯着缓缓合上的房门。

"韩奕！你的歌！"范以超回头吼了一句。

大屏幕上的MV慢慢播放着，《想自由》的前奏响了起来。

卓其华从桌子上拿起话筒，递给了韩奕。

韩奕接过话筒，看着屏幕上的节奏点，吸了一口气。

　　每个人都缺乏什么

　　我们才会瞬间就不快乐

　　单纯很难　包袱很多

　　已经很勇敢　还是难过

第一段唱完，范以超拍了拍手："厉害！"
韩奕接着做了个深呼吸。

　　许多事情都有选择

　　只是往往事后我才懂得

　　情绪很烦　说话很冲

　　人和人的沟通　有时候没有用

　　或许只有你　懂得我　所以你没逃脱

　　一路嗅着追着美梦

　　爬上屋顶意外跌得好重

　　不觉得痛　是觉得空

　　城市的幻影　有千百种

　　……

　　我不晓得　我不舍得

　　为将来的难测　就放弃这一刻

灯光打在韩奕的脸上，变换着颜色。

旋律渐渐平静了下来。

只有你 懂得我 就像被困住的野兽

在摩天大楼 渴求自由

韩奕唱完了结尾。

卓其华"喔！"地叫了一声："歌神，快发表一下获奖感言。"

韩奕笑了一下："有水吗？"

大门"咚"地一下开了，蚊子抱着五六瓶打开的百威走了进来。

"喝喝喝，今天都算我的。"蚊子一派大方地说。

"卓其华，来，这瓶是你的。"蚊子拿起一瓶，递给了卓其华。

卓其华顿了一下，接过了酒瓶。

完全没注意到韩奕有些不安的眼神。

"先喝一点，慢慢唱，时间有的是。"蚊子拿起酒瓶，对着瓶口吹了起来。

范以超也拿起一瓶，对着卓其华晃了一下。

"老卓啊，我敬你一瓶。"范以超笑着说。

卓其华没多想，就说了句："我可只喝这一瓶啊。"就端起酒瓶仰脖灌了下去。

"岐花，少喝点吧……"看着"咕咚咕咚"灌酒的卓其华，韩奕小声说了句。

蚊子瞥了韩奕一眼。

韩奕看了看蚊子："我喝白开水。"

蚊子歪头看着韩奕，随即转身按了一下墙上的按钮说："喂，401拿一壶水，再拿几个杯子。"

八

可能是喝得太猛，卓其华的脸微微有些发红。

"接着唱啊，快去切歌。"蚊子抹了抹嘴。

范以超一屁股坐到了点歌台前。

十分钟之后。

卓其华打了个大大的哈欠。

"我去，怎么这么困呢……"他甩了甩脑袋。

面前摇晃的灯光和震天响的音箱，此刻都变成了摇摆跳跃着的催眠曲。

"你是喝得太快了吧。"蚊子扭头看了卓其华几眼。

韩奕出门上了个厕所。等他回来之后发现卓其华靠在沙发上，不省人事。

"这怎么回事？"韩奕看着蚊子。

范以超在屏幕上点了几下，音乐声停下了。

"一点儿安眠药而已，没啥大不了的。"蚊子嘿嘿笑了起来，"我可是按正常药量放的，绝对没问题，你放心吧。"

韩奕的心跳逐渐加快，他几乎能听见安静的房间里自己的脉搏声。

"然后呢，你们想干什么？"韩奕走到房间中央。

"别着急——当时说好了的，先让我们'教训'一顿，然后再交给你嘛。"蚊子砸吧了一下嘴，"就说他晕过去的时候撞到了墙角，青一块紫一块什么的很正常。"

范以超攥了攥拳头，指节发出"嘎嘣"的摩擦声，随即他站了起来。

"先从哪儿开始呢……"他积累许久的怨气似乎马上就要爆发出来。

"等会。"韩奕说。

"干吗？"范以超扭头。

"我改主意了。"韩奕淡淡地说。

范以超冷哼了一声："你说改主意就改啊，那我岂不是很没面子。"

韩奕眯着眼睛："我好像只答应你们带他过来，最后带他出去——什么时候答应过让你们动他了？"

范以超"嘶"地抽了一下嘴角："你什么意思？老子今天还就是要出这口气，怎么着？"

韩奕跨了一步，站在范以超面前。

"我改主意的意思是，今天卓其华什么样来，我就得把他什么样带回去。"

"还有，如果你觉得自己能打得过我，你就来吧。"韩奕盯着范以超。

范以超绷紧了上身的肌肉，看着比自己高半个头的韩奕。

"妈的，这小子好像是跆拳道的黑带还是什么玩意。"他心里狠狠骂了几句。

蚊子看见这个架势，连忙站了起来："韩奕，你不要坏事——这里可是我家的地方，你想干什么？"

韩奕哼了一声，轻声说："郑浩文，我来的时候发现，你们这里做的不止是KTV生意吧？"

蚊子面部肌肉僵硬了一秒，随即他大喊了一句："你再说一遍？"

韩奕笑了笑："刚才我出去的时候，看见不少打扮得花枝招展的女人带着几个男的从五楼下来，不过这里并没有五楼的包间吧——看那个架势，似乎你们在顶楼有别的生意呢。"

蚊子眨了眨眼睛，似乎被什么噎着了，半天说不出话来。

韩奕见蚊子没了气势，转过身来，看着面前有些犹豫的范以超："怎么样，考虑好了？"

范以超看见泄了气的蚊子，又看了看脸色阴沉的韩奕，把拳头攥得咔咔响。

"行，韩奕，有你的。"范以超看了一眼熟睡的卓其华，拿起一瓶酒，在韩奕面前晃了晃，"算你有种。"

"愣着干吗，让人家办正事吧。"范以超用奇怪的眼神看了一眼韩奕，转身对蚊子说。

蚊子听了，也阴阳怪气地笑了一下："那行，我们走，你好好玩吧。"

说完，蚊子跟着范以超，拉开大门走了出去。

"我们好人做到底——你想什么时候走就什么时候走，不打扰了。"蚊子慢悠悠地甩下一句话。

……

韩奕靠在沙发上。

包房里很安静，房门外不时传来嘈杂的音乐声。

卓其华歪着头，斜靠在韩奕的不远处。

韩奕这会脑子里有些乱。

"你好好玩吧。"蚊子怪异的笑容和那句话反复出现在他的脑海里。

"好好玩吧，好好玩吧……"这句话逐渐被头顶旋转的灯光拉长、缩小。

韩奕站了起来，单膝靠在沙发上，近距离看着熟睡的卓其华。大概是药物的作用，卓其华的睡姿显得很放松，两只手耷拉在沙发上。

韩奕再一次听见了自己的脉搏声。

他伸出手，在半空中迟疑了一下，用指尖轻抚了一下卓其华的头发。

彩色射灯散出的小光斑洒在卓其华的身上。

卓其华的眼珠转动了一下，双眼依旧紧闭着。

韩奕猛地抽回手，转身蹲了下来，就这样盯着黑色的瓷砖地板看了很久。

"叮！"桌面上卓其华的手机响了一下，屏幕亮了起来。

韩奕有些疲惫地站起身，看了一眼手机屏幕。

屏幕亮着，但却没有信息提示。

韩奕没有再看下一条信息，他注意到卓其华面前喝了一半的酒瓶。

"只喝了一半么……"韩奕心想。

"卓其华，岐花，醒醒。"韩奕试探性地晃了晃卓其华的肩膀。卓其华的眼珠微微转动了一下，发出一声闷哼。

韩奕叹了口气，转身从桌上的托盘里拿起一壶水，倒了大半杯。

他举起杯子，从卓其华的脑袋上浇了下去。

……

五分钟之后。

卓其华揉着发疼的太阳穴，一只手拿着一叠厚厚的纸巾，擦着满脑袋的水。

"你妹啊，我不就是有点醉了嘛，至于拿水泼我吗你……"卓其华看着靠在沙发上的韩奕。

"你还晕过去了呢。"韩奕面无表情地说。

"他们俩有事先回去了?"卓其华抹了一把湿漉漉的头发。他又产生了头晕目眩的感觉。

韩奕点点头。

"怎么会醉呢……没喝多少啊。"卓其华甩了甩头发。

"我们也回去吧,不早了。"韩奕轻声说。

"对了。"他若无其事地扫了一眼桌上的手机,"刚才好像有人找你。"

卓其华打开手机,看了一眼。

"我去!"他一拍脑袋,"我把这事给忘了。"

卓其华敲了几下屏幕,接着他吁了口气,对韩奕说:"走吧,没事了。"

韩奕:"都11点了,回去怎么跟你老妈解释?"

卓其华:"就说顺路去撸串了呗。"

韩奕:"那我也跟家里这么说。"

卓其华:"哎,知我者你也。"

韩奕笑了:"对口供这招不是从小就用吗。"

两人下了楼,离开KTV,坐上一辆出租车。

出租车在连续不断的路灯下飞驰。

九

叶甄蓁这几天心情很糟糕。

尤其是看见卓其华和韩奕走在一起说说笑笑的时候，她心里就会莫名地升起一股怨气。

直到有一天下午，叶甄蓁看见陶天天和卓其华单独待在一起复习，叶甄蓁的心里突然翻涌起一阵厌恶感。

她攥紧了手里的一封信。

"韩奕！"第二天下午放学之后，韩奕背着包，一个人离开了教室，身后传来一声喊。

韩奕回头，看见叶甄蓁甩着马尾辫，哒哒哒地跑了过来。

韩奕翻了个白眼。

叶甄蓁在韩奕面前站定，伸出手，手里是一封信。

"这封信——这次你能不能……"叶甄蓁盯着韩奕。

韩奕看见这封信，轻轻笑了一下。

"你以后不要再给我这种东西了。"韩奕摆了摆手，"我劝你放弃吧……这样对你没好处。"

"还有，别忘了我和你说的事情。"

叶甄蓁拿信的手微微一顿。

韩奕没有再理会站在原地的叶甄蓁，转身走了。

叶甄蓁的手慢慢垂下，随即她的身体有些微微颤抖。

信纸被有些发抖的手揉成了一团。

叶甄蓁做了个深呼吸，平复了一下情绪，伸手理了一下马尾辫。

"甄蓁，我们回宿舍吧。"叶甄蓁的闺蜜，王晓彤从班里出来，锁上大门。

叶甄蓁没有说话，半晌，她回头问王晓彤。

"你和陶天天熟悉吗？"

王晓彤愣了一下，随即点点头。

"我每天晚上都会去二楼的大厅里背书嘛，几乎每次都会看见陶天天从练琴房里出来。"

"她弹琴？"叶甄蓁一挑眉。

王晓彤点头。

叶甄蓁眨了眨眼，笑了一下："走吧，我们回去。"

……

晚自习的时候，韩奕桌上出现了一张崭新的信纸。

韩奕眯着眼睛，盯着这张信纸看了很久。

"哎，这道题你做错了呀……"卓其华回过头，拿着一本练习册对韩奕小声说。

"你发什么呆呢？"卓其华看着一动不动的韩奕。

韩奕一把抓起信纸，递给了卓其华。

"给你的。"

卓其华有点摸不着头脑，把练习册放在韩奕桌上，拿起信纸展开看：

那天

晴空万里

却下着小雨

时光被揉碎了

掺在阳光里

耳边传来熟悉的乐章

我吹着口琴

你弹着尤克里里

当河水漫过田埂

当星野坠入大地

旧日的天堂鸟

在凤凰木上

唱着回忆的葬礼

追着这时断时续的歌声

翻山越岭

青春的火焰在沿途肆虐

焚毁了一路走来的痕迹

翻山越岭

每当我将抓住你衣角的时候

却发现

手中只剩一道风景

卓其华把这首长诗从头到尾读了一遍，抬头看着韩奕。

"谁给我的？"他好奇地问，"这次的诗水平见长啊，写得挺不错。”

韩奕转着一支钢笔，说："你猜"。

卓其华把信纸微微举起，凑近了脸："这个笔迹我不认识啊……"

这时候，坐在第一排的叶甄蓁偶然回头，看见了捧着信纸端详的卓其华。

叶甄蓁的脸"唰"地一下变得苍白，随即一抹从耳根飘起的绯红蔓延开来。

"吭！"叶甄蓁抱起一摞书，走出了教室。

＋

陶夭夭每天晚上都要去琴房练琴。

这天晚上，她提前写完作业，拿着一本肖邦选集去了二楼的琴房。

叶甄蓁独自坐在二楼的采光大厅里背书。

晚修的下课铃打响了。

"才八点半啊……"叶甄蓁放下厚重的文言解析，低头看了看腕表。

这时，陶夭夭拿着琴谱从对面的琴房里走了出来。

大厅里很安静，只有对面的教室里传来一阵阵嘈杂声。

陶夭夭看见了坐在台阶上的叶甄蓁，隔着走廊招了招手。

叶甄蓁眨了眨眼睛，挤出一个微笑。

看着陶天天渐渐走远，叶甄蓁攥紧了手里的书。

……

"找我干吗？"韩奕两只手插在口袋里。

面前闪过一个手提袋。

"你的生日快到了。"

"你好像一直想要一套福尔摩斯全集。"乔松的淡黄色头发在楼道里的昏暗灯光下，蓬蓬的。

韩奕盯着乔松手里的袋子。

里边整齐地装着几本精装书。

"这么大方，那我收下了啊。"韩奕没有抬眼看乔松的脸。

他伸手接过手提袋。

乔松突然抓住了韩奕握住袋子的手。

"你听我说，我……"乔松用一种近乎渴求的眼神看着韩奕的眼睛。

韩奕没有动，那只提着袋子的手悬在空中。

也许是他的全无反应吓到了乔松，那句话硬是被憋了回去。

两个人就这么僵持着。

似乎过了很久，韩奕开口了。

"你还想握着我的手多久？"

乔松有点尴尬，把手缩了回去。

"算了。"乔松转身想走。

"谢谢你的书。"韩奕靠在墙边。

"这届诗词大赛你又是一等奖吧？恭喜你。"韩奕突然问了一句。

乔松没有回答。

走廊尽头，陶天天抱着琴谱走了过来。

看见韩奕，她笑着招了招手。

韩奕点点头，微笑了一下。

过了一会，叶甄蓁也从走廊对面走了过来，低头在想着什么。

走到近处，她一抬头，发现了靠在墙边的韩奕。

"去背书了？"韩奕漫不经心地问。

叶甄蓁点点头，似乎在等下一个问题。

韩奕朝她瞟了一眼，便低头看起了手提袋。

叶甄蓁见韩奕不再搭理自己，扭头向教室走去。

韩奕伸手翻了翻袋子，在最下面发现了一张纸。

展开一看，里边是几排很工整的字：

长眠的歌者

在灵魂深处

放声歌唱

若灵魂老去

歌声也将继续

回响天际

敦煌的牧笛声

河西的风

顺着底格里斯

吹到古巴比伦

北海的捕鲸人

抬起沉重的鱼叉

又放下

鲸鱼的眼泪

结成了冰

顺着洋流

漂到西海岸

赛壬的歌谣

装扮着水手的梦

梦里的船

在海上

海上的船

在梦里

倒塌的神庙

正中央

站着永世不朽的神像

握着生锈的权杖

面前匍匐着

碎石和尘埃

降下的夜幕

沉睡的油灯

照耀脸庞

燃烧希望

韩奕看到一半，就把这张纸对折好，重新塞进了袋子。

……

晚自习结束之后，卓其华和韩奕在操场边上散步。

"最近这些人都变得好文艺……没事写什么诗啊。"卓其华小声说。

"你拎着什么啊？"他盯着韩奕手里的袋子。

"生日礼物。"

"哦？谁送的？"

"女生。"

"可离你生日不是还有六天半吗……"

"岐花。"

"干吗？"

"你今晚一米八。"

说完，韩奕抱着头，哈哈笑着，走回了宿舍楼。

十一

"其华，下午有空吗？"陶天天在卓其华身后，伸手拍了一下他的后背。

卓其华见是陶天天，点点头。

"放学之后我没事。"

"那帮我讲讲解析几何呗。"

"行！"

"然后顺便去吃饭？"陶天天笑眯眯地说。

卓其华顿了一下，然后挠了挠头。

"真的啊，那我就不和韩奕他们吃了。"

陶天天摇摇头："如果你们约好了就不用和我吃啦。"

卓其华耸肩："没事，他们不打紧。"

今天是陶天天转来实验班的第九天，而卓其华几乎每天都留在班里给她辅导功课。

今天下午也不例外。

"你看，这边要先求出直线的斜率k，然后再用双曲线的特征……"卓其华用铅笔在草稿纸上"唰唰"地画着简图。

陶天天单手拖着下巴，目光跟着卓其华的铅笔在纸面上移动。

"……最后，你就能得到老师上课讲的解了。"卓其华在纸上列了三个并列的解析式，画了一个夸张的大括号。

陶天天盯着几个式子看了好一会，才犹犹豫豫地点点头。

卓其华见她似懂非懂的样子，想了一下，拿起笔写了一个简化的公式。

"我自己总结了一下这种题型要用的公式，然后简化了一下，方便去记。"

"啊……真的，这样写就方便很多！"

"别谢我，请吃饭就行了。"卓其华"吧嗒"盖上了笔帽。

"好啊，我请你，走！"陶天天收起试卷，笑了。

"开玩笑的，还能真让你请啊……"

卓其华和陶天天离开教室，一起朝食堂走去。

在路过女生宿舍楼下的时候，几个平日和陶天天一起玩的小蜜蜂迎面走来。

"我去，那是卓其华？"一个眼尖的女生老远就看见了并排走来的两人。

"那他俩该不会……"

另一个女生抓住了她的胳膊。

"这几天老是看见他和天天在教室里自习……我看有戏。"

陶天天也看见了对面的几人，抬起手轻轻挥了挥。

卓其华则微微侧过头，装作没看见。

此时他的心里突然涌上来一股奇异的感觉。

这种感觉似乎满足着他本能的欲望，又时刻在提醒着他自己只是陪着女生去吃饭。

而这种感觉似乎也令他很受用。

"为什么总是有人被传绯闻但却不出来辟谣呢？"

很久之前，卓其华问了韩奕这个问题。

韩奕没有立刻回答，他盯着卓其华看了一会。

"因为人这种动物啊，是很虚伪的。人会一边享受着绯闻给自己带来的快感，一边在心里咒骂着传绯闻的人。"

说完，韩奕停了一下，接着说："就像有人传了你和你喜欢的人绯闻，而你又很享受这种被他人怀疑的感觉——实际上你只是和他在一起走了一段路，吃了一次饭，仅此而已。"

卓其华回想起了韩奕的这句话。

也许，可能，现在自己所体验的就是这种感觉。

那天下午的晚饭，卓其华和陶天天吃了很久。

卓其华知道了陶天天的性格爱好，她打小被父母要求学了钢琴和古筝，上了中学后开始学习播音主持。十六岁的时候，陶天天的父母离异，她也就跟着母亲一起生活。

这种对女儿前途的期望使陶天天的母亲倾尽全力，变得愈发强势。

而陶天天的性格也渐渐和母亲截然相反，时而活泼时而文静。

"我的梦想？目前是帝都艺大。"陶天天笑着说。

卓其华觉得陶天天笑的时候很甜，很好看。

回宿舍的时候，卓其华迈上最后一级台阶，突然脑袋里"嗡"的一声，他站定后摇了摇脑袋，过了一会就没事了。

……

陶天天转来的第十天。

这天晚上，陶天天照常去了琴房。

关上琴房的隔音门，她没有注意到屋内唯一的窗户被紧紧锁上了。

坐了下来，她理了一下头发，翻开了琴谱。

"do，mi，la，mi……"她开始了每天的基础练习。

清脆的乐音在陶天天的指尖下流淌着。

过了一会。

"嘣！"一声脆响从头顶的灯管传来，屋内顿时一片漆黑。

陶天天的手指停顿在圆舞曲的最后一个琴键上。

"停电了吗？"她站了起来，抹黑往门口走去。

"咔嗒！"隔音门传来一声闷响。

似乎有人把大门锁上了。

陶天天抓住了门把手，扭动了一下。

她发现自己无法转动门把手。

"咔，咔"，她继续尝试着转动门把手，可始终无法打开门。

"有人吗！有人吗？"陶天天心里腾起一股恐惧，她在黑暗中拍打着大门，一边喊着。

可是隔音大门阻挡了大部分声音，只剩下"嗡嗡"的震动声。

门口，不远的走廊处，一个身影向教学区走去。

……

"韩奕，你看到陶天天了吗？"卓其华回头，看见陶天天的座位空着。

韩奕没有抬头，嘟囔了一句。

"我哪知道她去哪了……多半是练琴去了吧。"

"这个点应该回来了啊。"卓其华挠挠头发，转了回去。

韩奕用鼻腔重重地出了一口气，站了起来。

"岐花，我出去走走。要是老师进来，就说我闹肚子了。"

"嗯。"卓其华趴在桌子上，点点头。

韩奕把一本笔记卷成筒，握在手里从后门走了出去。

"砰！"韩奕刚迈出大门，迎面撞上了一个急匆匆的人。

韩奕伸手护住了腹部，来人被撞得后退了半步。

"嘶——"韩奕低头看着叶甄蓁。

"你干吗啊？这么急着进来。"

"你管我啊……"叶甄蓁的脸有些红，说话带着颤音。

韩奕摇了摇头，侧身让开了路。

叶甄蓁抱紧了怀里的语文辅导书，钻进了班里。

……此刻的琴房。

陶天天尝试了无数次，可大门是外向锁，始终无法打开。

她一直拍打着房门。

"有人吗？"开始是小声地询问。

"有，有人吗？"声音渐渐变大，开始微微颤抖。

她的心脏开始咚咚地狂跳，屋内的空气逐渐变得闷热。

窗户被上了锁，这间房子几乎是封闭的。

这条黑暗的走廊里始终没有一个人经过。

过了近一刻钟，拍打声逐渐被抽泣声代替。

"有人能听见吗……"陶天天似乎费了很大的劲才喊出这句话。

话音落地，一片寂静。

黑暗和缺氧使陶天天失去了基本的理智。

她觉得这片包围她的漆黑慢慢变成了一张纸，在她眼前飞速地旋转。

过了一会，她开始喘气，视野里出现了一个又一个飞舞的光点。

这些光点在桃天天眼前旋转，跳跃，飞舞。

却无法照亮眼前的一片漆黑。

陶天天扶着门框坐了下来，把头靠在了门上。

世界变得很安静，仿佛一直如此。

陶天天听见了模糊的钢琴曲在耳边响起。

她朝着钢琴的位置看去。

然而钢琴却没有发出任何声音。

恍惚中，她听见身后的大门外传来了音乐声。

音乐声似乎越来越近。

陶天天转过身，用尽全力拍打着门。

乐声在门外停下了，是贝多芬的月光奏鸣曲。

"谁在里边？"一个男声试探地问道。

"我被……锁在里边了，开门……"陶天天双手撑地，艰难地站了起来。

门外的声音沉默了几秒。

"咔嗒。"一声清脆的旋转声传来。

门外的旋转锁被扭开了。

大门被推开的那一刻，新鲜空气如潮水般涌进了钢琴房。

门外的走廊同样一片漆黑。

"你没事吧？"面前的身影打量着陶天天。

"幸好，你听见了……"陶天天喘着气，扶着门框。

韩奕掏出手机，点开了手电筒。

……

"不知道为什么会停电……"韩奕坐在校医室的长凳上，面前是拿着湿毛巾的陶天天。

"可能是有人不小心锁上了门，也可能是恶作剧吧……"

"你真的不打算告诉班主任？"韩奕眨了眨眼睛。

"算了，这种事情闹到我家人那里……而且那片走廊都停电了，也没办法调查监控录像。"陶天天脸上闪过一丝异样，用湿毛巾擦了擦脸。

"真的谢谢你，韩奕。"脸色有些苍白的陶天天对着韩奕微笑了一下。

"还有……除了班主任，你能不能帮我个忙？"

"你说。"

"这件事不要跟卓其华说，可以吗？"

韩奕盯着陶天天看了一会。

"行。"

走出校医室的时候，韩奕低头看着手机。

"陶天天，可以问你个问题吗？"

陶天天用指尖抚了一下长发，头还有些眩晕。

"嗯嗯。"

"你喜欢卓其华吗？"

韩奕盯着手机屏幕，似乎随口一问。

陶天天的动作突然变得有些缓慢。

"哎呀，怎么突然……"

"抱歉。你只要回答是或者不是就好。"

陶天天不知是尴尬还是羞涩，停下脚步站在原地。

韩奕回头，看了她几秒钟。

"好了，我知道了。"韩奕看了看陶天天原本有些苍白，现在微微泛红的脸。

"我有点事，你自己回去没问题吧？"

"嗯，我没事了。"

韩奕点点头，转身走向操场。

"天天，你昨晚怎么了？"几个小女生在后排叽叽喳喳。

陶天天摆了摆手："没事啊，就是练琴有点累。"

"昨晚怎么了？"卓其华抱着几本书，从书架走过来。

"没事没事。"陶天天笑着。

卓其华弯下腰，半开玩笑地说："真的？不要骗我。"

"骗你有糖吃哦！"陶天天拿起一本练习册，拍了他一下。

周围的小女生们掩着嘴，纷纷识趣地走开了。

"好，你对，你对……"卓其华哈着腰。

"对啦，能借我政治笔记看看吗？"

"行，你等会。"卓其华朝桌子走去。

……

中午的时候，卓其华的手机了"叮铃"响了一下。

陶天天发了一段录音过来，后边惯例跟着一个大大的笑脸。

卓其华点开音频，是一段几十秒的钢琴声。

"这是什么曲子……还挺好听的。"

"贝多芬的曲子，《月光奏鸣曲》。"韩奕在下铺翘着二郎腿。

卓其华"哦"了一声。

下铺没了动静。

"你怎么知道的？"卓其华把头探出床沿。

韩奕戴着耳机，低着头："我听过。"

"你想追她吗？"

韩奕不等卓其华继续，打断了他。

"……"卓其华愣了一下。

"我说，你别这么怂，想追就去追啊。"

也许是因为带着耳机的缘故，韩奕突然提高了音量。

对面床的两个哥们转过身，看着韩奕。

"哟，其华你可以啊，终于要表白了？"

"老卓，看好你哦。"

卓其华朝着对面，摆了摆手。

"你突然这么大声音干啥……"

韩奕伸手拽掉了耳机。

"我是说，你要是喜欢人家，就去追。"

韩奕的嘴角似乎带着一丝笑意。

"行，你说的啊。"卓其华一拍栏杆。

"给你推荐首歌啊。"韩奕抬起腿，踢了一下上铺的床板。

"什么歌？"

"《茶楼》，你去那个唱歌软件搜一下。"

"谁唱的？"

"我啊。"

"你又翻唱别人的歌了？"

"这次是朋友作的曲。"

"谁填的词？"

"保密。"

"行了大歌神，我这就听。"

卓其华打开了软件，搜索了一下。

"还真有啊……"他点了播放。

歌曲前奏是一阵笛声。

桥头的石雕

张开布满裂痕的口

涨落的河堤

烟雨里失守

茶楼上

鼎炉漫烧

一张八仙梨花桌

喉中难咽

茶楼外

两扇门环镶铜兽

行人川流

昨日桥头烟花盛

却有几朵能停留

手中天青鎏金壶

斟半盏作酒

可惜

茶浓墨重

楼高风骤

好叙旧

……

歌不长，但是韩奕唱得很认真。

"老韩唱得不错啊，考虑出道不？"对面床的哥们拍了拍手。

"出道你妹啊，我要考大学。"韩奕笑了。

笑得很灿烂，灿烂得有些过头。

十二

"陶夭夭，来一下。"

老刘出现在班门口，对着陶夭夭招了招手。

"应该是亚热带季风气候……"卓其华拿着试卷，靠在陶夭夭桌边。

陶夭夭听见老刘的声音，对卓其华说了声抱歉，站了起来。

在她走向班门口的时候，心跳不知怎么忽然慢了一拍。

陶夭夭吸了一口气。

"夭夭啊，你妈妈在办公室里，跟我来。"老刘和蔼地说。

办公室里，依然是那张沙发，一个穿黑色长裙的中年女人坐在正中央。

嫩白的肤色，略带岁月痕迹的眼角，女人平视着前方。

看见陶夭夭，她露出了一丝微笑。

"妈。"陶夭夭很简短地叫了一声。

"夭夭啊，过来这边坐着。"女人也很简洁。

陶夭夭轻轻捏着衣角，坐到了女人旁边。

老刘搓了一下双手，坐到了茶几对面的椅子上。

"夭夭妈妈，出什么事了？"

中年女人低头，从一个咖啡色皮包里拿出一个信封。

"刘老师，我今年冬天带着夭夭去了一趟帝都。"她慢慢拆开信封。

陶天天看着那张印着帝都艺术大学校徽的信封，有些出神。

"本来抱着试一试的心态，递了些资料和获奖证明。没想到昨天上午我收到了这么一封信。"女人似乎再也掩饰不住欣喜，嘴角上扬。

信封被展了开来。

"信里说，艺大很看好我女儿的艺术天赋和素养，正巧今年又有一批提前录取生的名额……"陶天天的母亲把信纸抚平，放在了茶几上。

"虽然只是一个面试的机会，但我相信她。"女人说完，用赞许的目光看着身边的陶天天。

"这么多年了……"这个女人在收起笑容的一刹那，脸上显露出了复杂的神色。

苍老、疲惫，还有些欣慰。

"真是不容易，恭喜你啊，天天。"老刘拿起信纸，看了一会，抬头说。

"天天妈妈，我还是支持她去参加面试的。不过这上边的日期，正好覆盖了阶段大考……"老刘小声地提醒了一句。

"您是担心艺术生的成绩问题吗？"女人又露出了笑容。

"我刚才把这封信带给了张校长。他已经同意我们放心去面试，至于成绩他会安排好。"

老刘心里暗道："恐怕张校收到的不止是信封吧。"脸上却带着微笑。

"既然张校同意了，我这边当然要准假了。你们回去好好准备，争取考进啊。"

"妈……"一直沉默的陶天天轻轻碰了一下母亲的手臂。

"可不可以晚一点再去？"

陶天天有些怯怯地说。

"开什么玩笑？面试只有一个星期，晚了可没人会等你。"

陶天天母亲的微笑转瞬间变成了横眉嗔视。

"你知道这么些年我为了你考进艺大，做了多少工作，牺牲了多少时间金钱吗？你现在在想什么？"她渐渐有些激动。

"天天妈妈，你别激动——孩子有想法很正常，你听听她的想法，我就不待这儿了。"老刘说完，准备起身。

"没什么好说的，这周末就让她回家准备。"

"妈！"陶天天伸手抓住了母亲的手腕。

"天天。"女人也抓住了那只手。

她张了张嘴，似乎想说些什么。

"想想你父亲吧。"沉默了一会，她开口说。

陶天天像是被针扎的小兔子一样，心里抽搐了一下。

再没有说话。

"我昨晚收到了一条短信，内容很奇怪，大意是我女儿在学校出现了感情问题。"女人拍了拍陶天天的手，站了起来。

"什么……"一旁的老刘没反应过来。

"不过我想这都不算什么问题，毕竟天天很快就不会在这儿上学了，她的路还长。"女人看着老刘。

"所以我删掉了那条短信，没有去管它。"

老刘有些摸不着头脑，只好笑了笑，点点头。

陶天天坐在沙发上，她有生以来第一次觉得沙发是那么软。

软得让人失去了站立的力量，以至于深陷其中。

陶天天转来的第十二天的傍晚。

十三

没有多少人注意到卓其华第二天早上的异样。

韩奕除外。

"你今天很亢奋吧？"韩奕在宿舍楼下的小路上，用胳膊肘顶了一下卓其华。

"你咋知道？"

"废话，我上一次看见你出门前又洗又吹，还是前年你借了我五百又偷了你老妈一千块去看Eason演唱会的时候。"

卓其华"扑哧"笑了出来。

"你决定了？"韩奕低头看着地上徘徊的蚂蚁。

卓其华抿着嘴没说话。

"说吧，我要听你说出来。"韩奕突然停了下来。

"干吗……"卓其华一个脚刹。

"告诉我，今天是不是要去表白？"

"你知道了还问。"卓其华挑着一边的眉毛。

"是男人就完整地说出来。"

"行，我，今天，要去表白，可以了吧？"卓其华吸了口气，一字一顿地说。

韩奕眨了眨眼睛。

"走吧，愣着干吗？"

"你神经啊今天……"

……

陶天天背着书包，在几个小蜜蜂的簇拥下进了教室。

"天天，你昨晚没睡好吗？"

"黑眼圈出来了哦。"

"回去给你用我的眼霜……"

陶天天显得有些疲惫，但还是微笑着点头，说着"好啊好啊"。

"下午有空吗？"陶天天的桌子上贴着一张便利贴。

字迹是卓其华的。

陶天天放下书包，抽出一支笔。

"有的。"

卓其华的座位空着，陶天天把便利贴粘到了他桌上。

打早读铃的前几秒，卓其华和韩奕才匆匆走进教室。

"记住了吗？到时候可别怂……"韩奕在卓其华身后小声说。

卓其华咳嗽了一下。

"去植物园转转呗。"卓其华又在纸上写了些什么。

韩奕接过便利贴，目光没有在上边停留。

"喏。"他转身，伸出手。

陶天天发现韩奕的目光很平静。

"那就放学后吧。"纸条很快又递到了韩奕手上。

韩奕拍了拍佯装读书的卓其华。

卓其华接过纸条，伸手朝后方比了个"OK"。

五分钟之前。

"记住了吗？"韩奕打了个哈欠。

"我总觉得你今天不对劲……"卓其华歪了歪头。

"多事，等你追到手了再说。"韩奕把手插在裤兜里，"难道我会害你啊？白痴，没经验的家伙。"

"说的好像你经验丰富一样。"

"呵呵……"韩奕抬头看着天花板。

露出一个似笑非笑的表情。

最后一节课在铃声里结束，大家纷纷涌出班级大门。

似乎一切都在表明这是个再普通不过的下午。

人潮中，有两个人走得很慢。

"植物园在哪儿？我还没去过呢。"陶天天理了一下有些纷乱的头发。

"在体育馆后边。"卓其华的声音有些生硬。

教学楼到体育馆这段不到五百米的路，卓其华总觉得走了很久很久。

"听说最近桃花开了。"卓其华搜肠刮肚地想要说些什么。

"嗯。我喜欢桃花。"陶夭夭微笑着。

离植物园还有几十米，迎面吹来的风里已然夹带着几片桃红色的花瓣。

花瓣落到地上，又被吹到空中，在初夏的午后飞舞着。

迎面而来的是一片桃木林，被一圈圈高大茂密的乔木簇拥着，独享植物园正中央的风光。

阳光也很识趣地照在这片草坪上。

也许是阳光太过炫目，卓其华觉得有些头晕。

"这儿真美。"陶夭夭的眼睛里倒映出一树树盛开的桃花。

"生活在亚热带也挺好。"她笑了。

卓其华愣了一秒，也笑了出来。

"小时候，我爸爸经常带我去老家的山里看花，各种各样的花。"陶夭夭走近一棵桃树。

"那时候老家还没有开发，山里的桃花都开了，还有松鼠和小狐狸。"

"后来……爸爸再也没有带我回去过。"陶夭夭的眼神突然暗淡了一些。

听到这些，卓其华感觉准备了半天的话突然没了用武之地，于是他准备说些什么安慰她。

"不过现在好啦，我又看到它们了。"陶夭夭一抬头，看着几只飞舞的蜜蜂。

"那就好……"卓其华松了口气，"其实，我也挺喜欢这种花。"

虽然他在极力克制，但是耳朵还是不由自主地红了起来。

……

"这时候是不是该说，今天天气真好？"韩奕打趣道。

"你坑队友啊。"卓其华拍了他一下。

"逗你的——你应该说，我也喜欢这种花。"

"然后呢？"

"然后还用我教你咩？接着告诉她，你想和她升华一下友谊。"

"或者干脆一点，就说我想追你。"

卓其华吸了半口气，他感觉时间在无限放慢。

风静止了。

"可以和我交……"卓其华说出了前半句。

忽然时间恢复了流动，风吹了起来。

卓其华的后半句话被淹没在了风声里。

虽然他不确定陶天天是否听见了后半句，但是她随即转过了身。

和以往一样，她低头露出了一丝微笑。

可随后是轻轻的摇头。

时间似乎开起了玩笑，此刻风再次失去了属于自己的声音。

"谢谢你……真的对不起。"

卓其华觉得心脏猛地停顿了一下。

"啊，没关——啊不，我是说……"他有些语无伦次。

"我知道的，你想说什么。"陶夭夭有些难为情地看着他，"再过几天，我可能就要离开这所学校了。"

"为什么？"卓其华不受控制地说了出来。

"是帝都艺大？"

"真的对不起，可我必须去。"陶夭夭开始微微颤抖，她似乎在努力克制自己。

最后还是没有忍住，她蹲了下来，把头埋进臂弯里。

"没事的，没事的……"

时间开始缓缓流淌，花瓣在地上越积越多。

卓其华微微低头，看着自己面前的陶夭夭。

所有的花瓣都卷动了起来，渐渐形成一个斑斓的旋涡，在卓其华眼中旋转着。

桃花和陶夭夭渐渐重合在一起，被风吹起，倏地不见了踪影。

从半空到脚下。

像她初次走进班里那样。

后记：

二月三日，阳光很好，适合写诗。

早上，韩奕在收拾旧书的时候落下了几张草稿纸。出于好奇捡起来看了一下，上边是十几首很短的现代诗。

也许不能算是真正意义上的情诗吧，在我看太幼稚了。

第一首简直像是儿歌，最后一首才有了点样子。

印象里第一句是"假如，（涂改）流年最美，是（涂改）风会笑"。

给他写了那么多诗，居然一点都学不会。

既然要写情诗就多看看诗集啊。

上个月他受了学校的处分，到现在都一直没精打采的。

就是那个包揽所有诗词大赛一等奖的乔松。

没过多久学生处就找他们谈了话。

那天晚上韩奕在看见我之后竟然笑了。

他是因为卓其华才这么沮丧的，那家伙去英国治疗已经三个月了吧。

卓其华的病情在去年发作之后就一直不稳定。老刘说他的的是轻度的妄想症和神经衰弱。

还有那个只待了十几天就消失的陶天天。我几乎记不起她的样子了。

她真的来过我们班吗？

还让我想不通的是，为什么韩奕会让我去做那件事？最后他还装作不知情。

明天要去植物园，桃花就要开了。

老刘说，每个人都有目送自己所喜的事物远去的那一天。

也许每年的桃花就是这样子吧。

每年一开，一落，短暂却美好地存在过。

桃之夭夭，灼灼其华。

奈何芳菲，不入其家。

恨兮叹兮，叶落无花。

二月三日于学校

甄嬛

没有，太多故事

现在特别流行故事书。

不少书里的一个温柔的故事，比十篇心灵鸡汤要更暖心。而我没有太多好故事可以讲，很多人说你这个年纪不应该有故事，你离社会还远着呢。

不过，很多故事恰恰从这个年纪启程。

讲几个短一点的吧。

从名字开始。

一

负责管理我们宿舍的老师叫红军。

红军，建国，解放，这些名字带着浓浓的上个世纪的气息。专属于那几代人，很容易识别。

红军虽然不是红军，但当过兵，是个典型的南方汉子，黝黑精壮。

每天清晨的楼道，在打铃前的几秒必定会响起红军的哨声，一阵短促响亮的哨声过后，是中气十足的几声"起床了！"，声音几乎盖过震天响的起床铃。

不开玩笑，要是红军当年没去当兵，而是去学唱戏，估计南派戏曲界就得出一位大腕。

一年四季，天天如此，每天的催促声和挨个宿舍的叫醒服务把无数睡眼惺忪的男生从温暖的床上赶了下来。

管理宿舍的工作想必是十分枯燥的。

刚搬进高中没几天，红军就手写了几大张楼层人员名单，密密麻麻，后边打着空白格子。后来我们知道那是个人计分表。

第一个星期过去了，我们在宿舍门口贴上了姓名和床号。没过两天，我们按惯例喊了声"老师好"就朝楼道里走，后边传来红军带口音的声音："XXX、苏熠世，这两天卫生做得不错，继续努力啊。"

我们自然惊异于红军是如何把床位和人对上号的。整个楼层有三百多人，红军只用了不到半个月就全部记熟了人名。

而我们每天和他打照面的时间只有几分钟。

我能想象在每天的闲暇时间里，他在楼道里弯腰记下每个宿舍外的床号和人名，又在早晚来去的人群里努力分辨的样子。

在惊异之余，我们开始敬佩这位管理者。

红军喜欢练字，也喜欢写诗。

有一天晚上，我路过红军的桌子，发现桌上摆着几张纸，上边用工整的楷书写了几首自创的诗。

我正在欣赏，红军走了出来，发现了我。

"老师你喜欢写诗啊？"

"哎，随便写写，练字嘛。"红军有些不好意思。

"写得很好啊！"我自然奉承一下。

"你有了解嘛，来帮我看看！"红军眼睛亮亮的，从桌上拿起一张，递给我。

我那时字写得难看不说，诗也只是很粗浅地懂一些，不敢说什么。

"没事，哪里写得不好你就说，你们学得比我多嘛。"

我也确实发现了一处可以换字。

"这一句最后一个'虹'字不押韵，换成'霞'就押韵了，而且日出和晚霞对仗。"我大着胆子说。

红军拿过纸，读了一遍，欣喜地点点头。"谢谢你啊，还真是。"

听说我也偶尔写写诗之后，红军这个大我不知二十几岁的汉子常写了诗便叫我过去，甚至有些请教的意思，弄得我有些尴尬。

桃子的书法写得很好，红军似乎也喜欢上了毛笔字。有几次桃子晚上跑出宿舍一待就是几个小时，几乎都在陪着红军练书法。

可能这才是真正的学习吧，我们面对书本，红军面对我们。

虽然平日嗓门大，但是红军在和我们说话的时候却极力控制音量，不管是玩手机还是忘了叠被子，几乎没人被他大声训过话。

很久之前的一个晚上，已经熄灯后的宿舍里依旧放着音乐，我们开着手机，大声聊着天。

"当当当。"三声轻轻的敲门声。

我们以这辈子最快的速度关掉小音箱，摁灭手机。

红军提着大功率探照灯，把房门开了一半。

"熄灯了，谁还在玩手机？"

"老师，刚才是背英语的声音……"有个二货一见不好，随口编了个谎。

红军眨了眨眼，手里的探照灯始终侧对着地面。

"好，我相信你。"红军小声地说。

"赶快睡觉！"

他的眼睛亮亮的，在半掩的房门后闪过。

红军轻轻关上门，巡视去了。

换了谁都不会相信那句话吧，那么显而易见的谎言。

很多年之后，一提到红军，我还是会有些尴尬地想起那句"我相信你"。

再后来，我知道了学校有夜晚没收手机的规定。

高三那年，红军被学校辞退了。理由不得而知。

有人在贴吧里发帖猜疑，随后一位同学这么回应："谁再说红军的坏话，老子第一个不同意。我的校服扣子还是他缝的，我爸都不会这么对我。"

红军走得很匆忙，快到我来不及去和他道别。

是我们太单纯了吧。

二

食堂就建在宿舍西栋楼下。

篮球场正对着后厨，不少食堂的员工闲暇了就出来透气。

高二的运动会我象征性地报了实心球，因为田径不是我的长项。

体育课自然被要求去练习。我和几个同样有项目的同学拿了实心球，跑到篮球场上。

"这玩意有啥好练的，真想去打球。"我心里有些不屑。

我们试着掷了几次便不再练习了，每次都扔了十六七米。

不远处的食堂后门站着一个大叔，看相貌是爷爷级的老员工。

"你们在玩啥咧？"他套着防渍的护手，搓了搓还带有些水珠的手臂，远远地朝我们喊道。

"实心球！"一哥们回头喊了一句。

大叔揩净手上的水珠，微笑着点了点头，脸上的皱纹和灰白的头发舒展开来。

我们又掷了几次，便坐到地上休息，大叔也慢悠悠地走了过来。

"是要办运动会嘛！"

"对，不然我们就去打球啦。"我说。

"我儿子也喜欢打球，前年上大学了。"大叔冷不丁地冒了句。

“在哪上啊？”

“浙江大学！”大叔看着篮球场，脸上带着自豪的笑容。

“叔叔，你们每天很累吧。”一哥们扭头问。

“说累也累，每天早上天不亮就起来，做早饭哟。”

“没法啊，挣辛苦钱嘛。有时候看到你们学生娃也羡慕哟，将来不用干这些苦差事赚钱。”大叔摇了摇头，但依旧笑着。

“我在这里干了好多年，快干不动了。还好娃儿有出息。”大叔低头揉了揉眼睛。

“这里累，但是舍不得啊。每天看着你们来来去去，吃饭的时候多给你们打一点。”

“你们多练练，对身体好！我回去了。”

说完，大叔背着手，慢悠悠地走了回去。

这个上了年纪的男人已经有些驼背，但看得出来他在尽力挺直背部，只有在放松的时候才会露出些许疲态。

我似乎认识这个大叔很久了，每次在食堂打饭，他总会给学生们多打上半勺菜，大家也会低头在窗户里喊一声谢谢。时间长了，大家都认识了这个灰白头发的大叔。

听到谢谢的时候，大叔总会抬头看窗外一眼，然后慈祥地笑着。

几个月之后，大叔就不再负责打饭的窗口了，而是站在打汤的汤桶前盛汤。

又过了一段日子，我再也没有见过他，应该是退休了。

是啊，所有的父亲都会这样老去。

三

搬家之后，我每星期都要打车去学校。

当时的滴滴还叫滴滴打车，也没有顺风车和专车。界面很简单，除了出租车就是快车。快车说白了就是蓝牌黑车，只不过滴滴借鉴优步（Uber）的方式，把它做成了合法运营和分配的模式。

很多蓝牌车司机摇身一变成了滴滴快车合伙人。

接单后驱车来接你的可能是你的邻居，也可能是你的同事。他们不是专业的出租车司机。

而每个人都有过和出租司机聊天的经历，三句话离不开路况工资和房价。

不过和快车司机聊天又是另一番感受。

每坐一次快车，遇见一个陌生人。如果他愿意和你寒暄几句，甚至分享他在这座城市的故事，请做一个倾听者。

我遇见过周末赚外快的在职老师，下岗靠车吃饭的工人，下班后的白领，带着妻子练车的男人，在深圳漂泊的外地夫妇，开豪车的富二代……每辆车都载着很多故事，在城市的某个瞬间，某个角落里与你碰撞相连。

而恰好，你愿意听，别人愿意分享。

说个故事吧。

　　某天晚上，我从书城坐车回家，接单的是一辆两厢小轿车，我发现车里坐着一男一女，似乎是夫妻俩。

　　车子是安徽牌照，我犹豫了一下，脑海里闪过各种深夜出租打劫案的画面，最后还是上了车。

　　上车没多久，开车的男人侧过脸，微笑着说："在这边工作啊？"

　　"我还在上学，上大学。"不是第一次被当成上班族，但我还是一个激灵，顺口回应道。

　　"哦……是在本地上的高中吧？"男人话语里透着些尴尬。

　　"嗯啊。"

　　"问你个事啊小哥，深圳的哪些高中比较好？私立的也行。"男人一口气问完。

　　男人是安徽人，几个月前和妻子来深圳工作，女儿在老家上初三，男人打算安定之后给女儿在深圳找个好高中。

　　"找了很多学校，因为不是本地户口，借读费也不少。"男人把着方向盘，身边的妻子没有说话，一直静静地听着。

　　"我女儿学习很好的！县里模拟考得过前三名。"男人摩挲了一下方向盘，身边的妻子点点头，大概是笑了一下。

　　"成绩好进重点班不是问题吧？"我问。

　　"哎，说是这么说，还是要托人找关系，我们又人生地不熟的。跑了几个学校，都差不多是那个意思：要是没关系，成绩再好也难进重点班，她又是本地中考，所以……"

"如果有机会，你们直接找校长吧，不要去找负责招生的办公室主管了。阎王好见，小鬼难缠嘛。"我笑了笑，把深圳排名前五的公立高中说了一遍

"行，真是谢谢你了，一路上这么打搅你。"男人轻轻踩着刹车，小车缓缓驶进小区大门前的车道。

"对了，你是哪个高中的？"男人在路边停下车，转头问我。

他的脸庞有些瘦，架着一副眼镜，眼神显得有些疲惫。

"我的高中啊，叫第二高级中学，沿着这条路开到底就是了。不算特别好，但是你们也可以去试试。"

男人使劲点点头，都忘了在软件上确认订单。

"谢谢了，小哥。"男人降下车窗，对着我喊了一声。

身边的妻子也微笑着招招手，她始终没有说话。

千里之外，此时有个即将中考的女孩，她的父母在同样远隔千里的陌生城市里，和她一样，在白天黑夜里努力着。

不都是为了明天吗。

祝他们好运。

四

我乐意听你们倾诉不开心的事情，然后尽我所能开导你，让你觉得好受些，不论此时我是否开心，是否烦躁，是否焦头烂额。你高兴，就好。

凌洛失恋了。

后来我听说，那天早上他丢了魂一样，趴在桌上睡了一上午，谁喊都不听。

当天下午，凌洛拉着行李箱跑到我的宿舍里。

"晚上有空没？"

"干啥？"我收拾着行李。

"我想喝酒。"

"未成年人喝什么酒。"我随口搪塞道。

"老子上个月满十八了。不来算了。"

"别啊……我去。放学等我。"

我和凌洛出了校门，坐上一辆出租，直接开到了海边。

初夏的周末，避开了晚高峰，海边没什么人，几只水鸟孤零零地飞着。

"就这家吧，能放行李。"我拍了一下望着海浪发呆的凌洛，指了指不远处的小酒吧。

"长岛冰茶，再来三支百威。"我瞄了一眼酒价，心里暗暗踹了自己一脚。

"威士忌，加冰。"凌洛没看酒单。

酒保点点头，转身回吧台。过了一会拿了三支百威过来。

"说吧，到底怎么了。"我给自己倒了一杯，啤酒泡蓬松地溢出杯沿。

"分了，昨晚。"凌洛拿起一支，也不碰酒杯，对着瓶口灌了一口。

"因为上次过生日的事儿？"我皱皱眉。

"算是原因之一吧。"凌洛又喝了一口。

"慢点喝……你低血糖。"

"没事。"

"您的长岛冰茶。"酒保端上一杯红茶色的鸡尾酒。

"每次看见长岛冰茶，我都会想起那首歌。"我轻轻摇晃着酒杯里的冰块。

"你说过的永远，就停留在昨天/你向往长岛的雪，时间定格在仲夏梦的夜。"我哼了两句。

"天涯何处无芳草……"

"行了。"不等说完，凌洛打断了我。

"好，不说了，喝酒。"我看着凌洛见底的酒瓶。

也许是客人不多，酒吧里放着轻音乐。

喝了几分钟闷酒，凌洛的脸开始泛红。

"这才喝多一点，就醉啦？"我看着酒保端上来的威士忌。

凌洛摇摇头，抬眼看着我。

他的眼睛有些红。

"你说，我自私吗？"他看着我的眼睛。

"我认识的人里边，论大方你排前三。"

"我不知道为什么。"凌洛看着酒杯里的冰块。

冰块在被子里打着转，一点点消融。

"人一辈子会遇到上千万人。"我顿了一下，"她不是不喜欢你，只是喜欢得还不够。"

"想哭就哭一会吧，别憋着。"

凌洛喝了一口威士忌，也许是酒太烈，他抿着嘴。

他的睫毛颤动了几下，突然把头低下，靠在胳膊上。

我眼前的凌洛只是轻轻颤抖了几下，哭得很男人。

也那么孩子气。

回家的路上，我和凌洛吹着海风，他脸上的红晕还没有散。看着平静的海面，他问我："如果我说，我才不到二十岁，但是感觉再也不会再爱了，你会不会骂我傻逼？"

"那肯……"我到嘴边的话突然噎了回去。

因为，我突然想起来，那是凌洛持续了一年半的初恋。

人这辈子会遇到上千万人。所谓初恋，不过是在最傻最天真的年纪遇到的第一个人而已。

要是有一天失去了，哭一次再变成大人，也没什么吧。

我们也都是长大了才知道，长岛是没有雪的。

中篇 杂札

青春不可承受之轻

这几天看了几年前出版，廉思主编的《蚁族》。

这篇文章也是冲着这本书的后半部分来的。

在网上看到过一段话。

"幸福的人之所以感到幸福，只是因为不幸的人们在默默地背负着自己的重担。一旦没有了这种沉默，一些人的幸福便不可想象。这是普遍的麻木不仁。真应当在每一个心满意足的幸福的人的门背后，站上一个人，拿着小锤子，经常敲门提醒他：世上还有不幸的人。"

如果非要给幸福定个标准，那就是青春有没有撑到梦想变成现实。

这是我看完这本书之后的第一个想法。

"蚁族"说白了就是向蚂蚁一般弱小但善于分工协作，同时又极富社会性的一类人。

这类人一般指步入社会后的一部分大学生。

再回到《蚁族》这本书。

坦白说，六七年前的北京也许与今日的上海、广州和深圳一样，是那么吸引来自全国各地的年轻毕业大学生来打拼。北漂也还是个时髦的词汇。

当时人们还不知道什么叫雾霾，也不太重视什么"食品安全"问题，更谈不上回答"你幸福吗？"

那是一个新世纪伊始已过，创业浪潮刚刚席卷全国，互联网产业方兴未艾但已群雄并起，各方势力逐鹿中原的年代。

那时的毕业大学生也没有微信朋友圈，手里的通讯工具可能只是一部能玩俄罗斯方块的小灵通。

所以，摆在他们面前的诱惑可能仅仅只剩下工作和金钱。

正因为如此，他们才会凸显出之前任何一个年代的同龄人都所不能及的那份执着和顽强。

而这份执着和顽强，却艰难地堆砌在了生活的窘迫和无奈之上。

摇摇欲坠。

但他们依旧分别选择了不同却又相似的生活轨迹。

"唐家村""小月河"这一个个熟悉又陌生的名字，汇聚成了这一代年轻人共同的记忆。

共同生活，共同送走青春的记忆。

他们像全天候工作的蚂蚁，白天是打工族，上班族，夜里就成了一只小心翼翼堆砌自己脆弱梦想的蚂蚁。

人数众多，但又各怀心愿。内心强大，但又屈从现况。

"也许，用自己的双手奋斗出的明天，才是最美好的明天。"

蚁族的信条里就有着这么一条简单且干脆的话。

"你为什么选择留在北京？"

这句话困扰过，甚至动摇过许多人。

答案多种多样。

但总的来说，是为了眼前的温饱。

眼前的窘迫慢慢过去，真正的生活就会到来。

纵使生活总是没能成为他们梦想中的样子。

不过令人欣慰的是，他们时刻不忘了抬头看看自己的梦想。

京城每年都会被雾锁十月，蚁族仍旧一年年地在这块土地上挣扎打拼。

可能有人会说，如果有能力就不会失去梦想和现实。是啊，这话看起来没错。

可生活总得允许错误和失败，不是吗？

总有那么一些人没能成为自己想成为的人，没有做成自己想做成的事。他们无可奈何，选择了这条路。

他们倒下了吗？

躲回老家了吗？

坑蒙拐骗了吗？

我不知道。也许当生活给他们的最后一巴掌太重的时候，他们会倒下，也会去躲去骗。

至于这之后的事，就交给命运和自己吧。

我读这本书的时候时刻在提醒着自己：这是一本多年前的书，里边的人和事都是多年前的。

但有些现象和规律是不会随着时间而改变的——十年前如此，十年后也如此。

只要北京的天空依旧笼罩着雾霾，蚁族就会继续隐藏在这雾霾之中，窸窸窣窣地生活下去。

十年前如此，十年后也如此。

有人会说，蚁族不是渐渐消失了吗。

伴着GDP看也挺有道理的。

实际上，只是人们在十年以后开始更关注雾霾而已。

十年前的蚁族熬成了人，房价也熬上了天。

熬干了青春，到头来苦的还是那些人。

青春可以承受太多事情，多到几乎一切都可以失败重来，不计代价。

可唯独无法承受岁月。

即使岁月给人的烙痕是那么轻描淡写，那么不易察觉。

这就是生活给这些人的最后一根稻草。

轻且致命，小而无形。

清风，明月，酒

篱笆，女人，狗

新年后的微博热门很有意思。

但看起来最正经的还是一条关于对诗的微博。

"我有一壶酒，足以慰风尘。"求对下一句。

这条微博大意如上。

似乎是微博长年都洋溢着娱乐气氛，很多人习惯了嘻嘻哈哈地刷屏，突然间如此郑重的话题一出，反倒像出现了稀有动物一样引起了不少人的兴趣。

特别是原博主还发出了"好诗赠酒"的悬赏，这个话题顿时变得雅趣十足。

不到四天时间转发近十万，评论数万。

不少人竞相展示自己的文学功底，和诗半首续诗三行，一时间泥沙俱下，转发量和评论量蹭蹭地上涨。

要是韦应物泉下有知，看见自己的《简卢陟》化用了一笔之后还掀起了一阵对诗狂潮，也许会高兴地拍手跺脚。

各路民间对诗高手的出现激起了又一批人的模仿和围观，其中有几首赢得了网友们的一致赞赏。

举个例子：

我有一壶酒，足以慰风尘。

尽倾江海里，赠饮天下人。

不少人感叹："这年头不会写诗都不敢混微博。"

"国人诗性不死。"还有评论收获了一票人的赞同。

不得不说这是个恰到好处的偶然事件。

一个卖酒的文艺老板看似无意中搭的台，让一批郁结了许久才情的微博人和跃跃欲试的围观者过了一把娱乐时代中的传统文化瘾。

也许这是一次成功的微博营销，但我宁愿相信这是一片能唤起一部分人文化记忆的涟漪——在整个微博空间以数亿计的信息量当中，这件事只泛得起一点微弱的波澜。

阒静，但可贵。

这件事使人们在重新发掘出自己对诗词的感情的同时，还发现了微博也可以不是一个供人嬉笑和发泄的地方，在合适的地点和恰好的时间，它同样可以成为人们对传统文化热情的火炉。

也许把一些本该在知乎或者豆瓣上出现的话题迁移到微博上，

就会出现一些不同的感动和火花。

怎么讲呢，这个事件固然有它的独立性和偶然性。

微博就是个生活的熔炉，同时充斥着各种对生活的看法和声音。任何太单纯或者太纯粹的文化符号是无法存活在这个熔炉之中的，因为它们迟早会被淹没在杂七杂八的事物之中。

虽然五毛和灌水党哪里都有，但是显然微博上的他们数量占优势。

而知乎、豆瓣这类知识平台就是一个相对纯粹的所在，总有那么一类话题能独立存活在自己的方圆之内，不受其他事物的影响。

也可能有一天，在微博上的知乎人惊喜地发现了这么一条看上去错位的和诗帖子，于是一部分人的活跃场所罕见地出现了由文化带来的重叠。

再来说一说和诗的质量。

要是从诗律看，没有几首是符合那堆乱七八糟的条件的——不过打油诗本身也不强调什么平上去入。

不过有的诗看上去确实有生拉硬凑的嫌疑。

再举个例子：

我有一壶酒，足以慰风尘。

醉回君归处，白兔伴孤坟。

这后两句就让我有些摸不着头脑，首先是"白兔伴孤坟"。

这一句似乎是遍翻古籍也找不出确切化用典故的，而且看语境描写的是"我喝醉了之后回到你归去的地方，这儿的坟头边上有一只小白兔"。

说实话，大家对白兔的印象除了"白又白"和"两只耳朵竖起来"，恐怕就只有嫦娥怀里抱的和餐桌上吃的了。

我怎么努力都无法说服自己把白兔和孤坟联系起来。

如果真有什么联系，那就是这只白兔给这个坟头平添了一点可爱和温暖。

还不如白狐银狐或者跛脚狐伴孤坟来得有意境。

毕竟狐狸是独居动物。

除了这个有些牵强的配对之外，还有不少和句中大量出现生僻字和古字，那写诗的架势就像是为了让大部分人都看不懂而摆的。

其实生僻字和古字本身没有问题，为了显摆自己的博学广识或者孤傲清高就不对了——比你博学的人多了去了，人家照样用大白话发朋友圈写微博，而不是逮着一个机会就一股脑地把自己知道的倒出来，恨不得十个字里有九个字别人看不懂。

偶尔吐露一点叫学问，抓住机会往出倒，那叫酸。

话虽如此，怎么和诗说到底还是人家的自由，有这份和诗的兴致，你开心就好。

王力的《诗词格律》可谓通俗易懂，即便如此要记住平上去入四声一百零六韵，还是非常困难的。

很多人在努力复原和模仿古代诗词，但是现代有现代的玩法，写一首诗只要读上去押韵，没人会和你较这个真。

回到这篇文章的题目和题记上来。

我为什么要给这篇文章起这么一个诗意的题目，然后再铆足了气势打出这么屌丝的题记呢？

因为雅兴和生活之间的关系就是如此。

我们很高兴看到在如今碎片化的网络世界里，一部分人还保留着对传统文化的感情，或者说感觉。

这说明中国的传统文化并没有真正在我们身上断裂过，它只是让位给了更加富有活力的现代文化，自己默默退后，但却始终牢牢守卫在属于民族和历史的那部分情感的面前。

至于"诗性未死"。

我想说，这似乎不是个量产诗人的时代。

我们在高歌完清风明月一壶酒之后，面对的一定是篱笆女人一条狗。

也许诗来源于生活，也许生活造就诗人，但是对于绝大多数人来说，眼前的生活和诗意是不搭边的。

每一种感性的东西都有属于它自己的合适的时代与环境，它会在经历一个属于自己的时代之后蛰伏起来，等待着下一个。

不管你愿不愿意，纠结不纠结，矫情不矫情。

就像每个孩子都梦想过住在城堡里，骑着白马，拿着长剑等等的美好一样，他们也终有一天会朝九晚五地为了生活而奔波。

但是这些美好的梦想并没有消失啊。

它们会在一个合适的地点，合适的时机重新出现在这些孩子们的眼前，提醒着他们，自己那些对美和诗意的追求。

生活再艰难，梦想和诗意还是可以有的。

万一实现了呢。

后记：

中学时代的我一度迷恋于写古诗——古体和近体，特别是藏头诗。

我曾经在高二的除夕晚上为三十几位朋友写了姓名藏头诗，一口气写完不带喘。

现在记不得多少句了，可能是这部分非必要的记忆被其他必要的东西挤压出了大脑吧。

不过我至今记得最清楚的，是我还小的时候写的两句：

举目遥看湖边篁，日缀金乌落扶桑。

至于那首诗，有三四十句之多，因为有些幼稚就不提了。

爱情和感情说

有人说，人这一辈子会喜欢很多人，但是只能爱一个人。

我的题记是错的。

人这个感性的动物，有时候没办法准确界定什么是喜欢，什么是爱。

"喜欢一个人是想要这个人的一切。"

"那爱呢？"

"爱一个人是想把一切都给这个人。"

这也是模糊不清的。

也许，到了一定程度的喜欢就是爱，而爱的本质就是一种不计成本的喜欢。

很多人遵循着题记所说的，一旦有了第一个爱过的人，那就坚决不去爱第二个。这里的爱不包含亲情的爱。

这些人又分为两派。一派人随时都在努力地去喜欢上尽可能多的人，在每个似乎适合自己的人身上倾注感情，但还是矫情地坚决不会对别人吐露半个爱字，却又试着让时间去洗刷这些感情，幻想着有一天这种感情在对方心里会变成爱，然后顺理成章地去接受它。

另一派人则有过之，这种对感情的专一和执着使他们染上了精神洁癖。他们会在心里默默地喜欢上一个人——但因为洁身自好，他们从来不会去刻意谈论爱情和关于爱情的一切，直到某一天，他们当中一小部分人中了爱情的彩票。

第一派人良心难安，第二派人花光了所有运气。

我并不是鼓励人们去滥施感情。

爱情大概也是守恒的。

人这一生可能会爱上许多人，但是他所能付出的爱并不是无穷无尽的，反而十分有限。

爱情在每个人生阶段也有不同的价值。

年少时的爱，倾尽韶华，不染尘烟；年青时的爱，刻骨难舍，烟雨一场；年老时的爱，宁静和煦，相濡以沫，

在最好的年华，爱上一个合适的人——此时所倾注的爱，虽然不是最沉静的，但却最为热烈而珍贵。

付出了，但不一定能收回等量的爱。其实对方可能在心里默默酝酿着与你全然体现在行动上的爱截然不同的回报，也可能在心里早已把你当成一个宣泄情绪的一次性用品。

就像在很多鸡汤里反复煮过的那样，爱情是相互付出的双赢结果，而不是单方面的索取或给予。

我记得高考前的一天，在准备作文素材的时候。

我看到川端康成在《花未眠》中的那句话："凌晨三点，看到海棠花未眠。"

从花的角度，我等着你，这就是我对你的爱。从我的角度，我看着你，这就是我对你的心。

也许结局不在两者之中，但我还是相信，如果下定决心爱一个人，那么就要努力地去喜欢，适应对方的一切，读对方喜欢的书，和对方聊感兴趣的东西，为对方做能带来幸福火花的事。

然后，不论结果如何，用尽力气。

陪这个人走下去。

崔甫在我们工作室的推文里曾经写过这么一段话。

"我们看到了两个阵营的人，单身与情侣，单身忍受不了情侣秀恩爱，情侣感受不到单身的快乐。段子再多，自己的苦都在肚子里翻滚。今时今日出现这么多的讽刺与自嘲，要么就是从心，要么就是屄，单身自有单身的快乐，情侣自有情侣的幸福。多少爱情流失于他人的嘴，没人知道。"

说说感情呗。

感情这个东西，说白了就是一盅翡翠白玉汤。

看起来一清二白，但个中滋味却说不清道不明，细呷一口有余味饶舌，但总唯独觉得少了些什么。

我和很多人感情都很好，但这些感情又都有微妙的不同。

崔甫这个人，天生严肃脸，看人就像看尸体。但是唯独和熟悉的人在一起的时候，他才会展现真实的自己——内心世界丰富多彩，说白了就是闷骚无比。

我和他的感情就是除了穿一条裤子，几乎就是一个人。

在我们还都是单身的时候，我对他开过这么一个玩笑："要是哪天咱们脱单了，会不会有一天相遇在常一起去的海岸城。"

"那时你牵着你的人，我拉着我的人。我们还是彼此，但唯独不能像以前一样，拍着对方的胸脯开低级玩笑了。"

当这个笑话变成现实的时候，即使我们的感情一直很好，但总会少了些什么。

我的前桌是个女生，棕色的半长发，长得介乎漂亮和耐看之间，散发着文艺气息。

她和我一样是语文课代表。她笑起来会掩着嘴，很好看。

我一直叫她"小搭档"。

高二有整整一年的时间我们在晚自习的时候都会互相递纸条，上边除了日常的扯皮聊天之外，还写满了自创的诗句和对联。

"今天对对子吗？"我写到。

"来吧。"她写完，一扭头，把纸条丢了回来。

棕色的头发披散在脸的一侧。

某个晚自习的课间，她似乎半开玩笑地转过身来，带着一点点娇羞和严肃的神情，对我说："苏熠世，我喜欢你。"

当时的我呆了一会，然后傻乎乎地笑了笑，就此没了下文。

人生第一次被表白，但我似乎并没有把这点感情放在心里认真对待。

后来上了高三，她和班里的男生谈了恋爱，和她的大部分朋友们断了关系，取消了微博，屏蔽了朋友圈。

自然也包括我。

一直到现在，我不知道她考上了什么大学，是否找到了和自己合适的人。

她是个文艺且任性，强势还重感情的人。我现在已经记不得任何一句我们对过的对联或诗句了，也许这不是什么坏事。

我的世界里类似我和崔甫，我和小搭档的例子也不止一个。

但是这两人给我的感情是最深刻，最难忘的。

我们行走在这个世界上，将我们与我们在乎的人粘连在一起的，就是各种各样的感情。

人不分三六九等，我保留意见。感情分三六九等，我第一个赞成。

但如果很简单地把感情分为友情，亲情和爱情，未免对不起人这一撇一捺。

我不是什么感情专家，但我真切地感受过另一种感情，却迟迟找不到一个合适的语句去形容。

直到我看到了这句话："友情之上，爱情未满。"

我们熟知对方的好恶，了解对方的心情，能开对方的玩笑，除了和对方表白不能被接受之外，我们很乐意在别人面前装成是一对。

在单身的时候，我们在精神上互相支持打趣；脱离单身的时候，我们又会真真切切地为对方感到高兴。

这种微妙的感情，人这一辈子也不见得能遇见多少。

一个交际圈里也会有长时间不变的感情。

以我的高中舍友为主，我们建了一个微信群。

江湖一点地说，群里都是有难同当有福同享，上刀山拉老子一个，下火海带洒家一趟的兄弟。

从高二开始，群里的朋友们每个长假都会外出聚会，碰到人不齐的场合，我们就会找一张缺席人的照片，放在屏幕最大的手机上，带着"他"一起合照。

这个传统不知何时形成，相信也不会结束。

虽然聚会之前，大家有时会因为去哪吃饭唱歌，看什么电影而争论不休，但是一旦见了面，坐在一张桌子上的时候，我们心里只剩下高兴，和高兴。

这种感觉，就像一起征战沙场多年的兄弟，解甲归田之后，有一日围着红泥火炉，看着昔日战友时的心情。

既然高考这场战役把我们联系在了一起，那卸下马鞍之后，咱们不妨做一辈子的兄弟。

人这辈子要是遇到一帮互相欣赏，互相支持的兄弟，那么从感情这个角度看，没什么好遗憾的。

至于爱情。

有人告诉我，两个人之所以在一起，在很大程度上是因性格。

后来，我发现遇见一个彼此性格互补的成分大于相通，相通的成分大于对立的人，太不易了。

世界上最幸福的莫过于能遇见这样一个人。而你发现喜欢着的这个人也喜欢着自己。

愿我们都能在一个夏季的夜晚坐在草地上，对着喜欢的人说：

你看，今晚的月色真美。

夏目漱石先生当时也是这么想的吧。

成　瓷

"这五大名窑你们一定要记住。"历史老师敲了敲课本。

"记不住的话教你们一个口诀：钧官汝定哥，或者定哥汝钧官。"

这两句口诀听上去就像"军官辱定哥"或者"定哥辱军官"一样充满喜感。

隔壁班的历史老师叫定哥。

"这样吧，今天破例给你们讲个故事。"

历史老师合上课本。

……

翻越重洋，老天成全，他见到了那枚古瓷。

这座城市里最大的拍卖行外墙，树立着一块招牌。招牌上张贴着这枚古瓷的照片。这是一件怎样的瑰宝啊——至少在他眼里，这代表了故土千百年来制瓷技术的巅峰：细腻如婴儿肌肤的胎质，水滑如晶玉的釉面，光是这两样，用他一生的阅历交换，他也会毫不犹豫。近乎无瑕的瓷面上，还用工笔点染了一只展翼的鸢鸟，火红的尾羽、赭石红的背脊、黛绿的脖颈，靛蓝的双睛……

并非不是名家之作，只是在别人看来，这古瓷上的鸢鸟好像少了些什么陪衬来成全。

他坐在了拍卖大厅里。拍卖师优雅地向来宾们鞠了一躬，开始展示今天拍卖的物品。一件绝迹的孤本手札，人群开始躁动；一幅现代主义大师的绝作，人们开始交头接耳；一座古代王室的雕像，一些大买主疯狂了……他只是淡淡地看着，仿佛在等待什么。

终于，数个小时像木雕一样纹丝不动的他，突然攥紧了双手。

老天成全，让他等到了。

最后一件物品，一枚小巧的瓷器被缓缓推了出来。人群沉默了，继而在几个角落里隐隐透出一阵讪笑。大多数人对这个物件毫无兴趣，既不是真金白银，又似乎不是名家作品，看那低贱的底价，就知道根本没有出价成全的必要。人们开始环顾四周，用戏谑的眼神寻找第一个出价的人。

那位先生出价——五千万元！眼尖的拍卖师举起手臂示意后排的一位顾客。

他诧异了，一时忘了回头看是谁出了价。他知道，五千万元正是自己十余年来研究这枚古瓷所得出的保守价。他回头张望了一下，一位跟自己相同肤色的青年人坐在后排，向自己微微笑了一下。

老天成全，遇到行家了。原本盘算已久的他心里有些不安，连忙举牌示意，加价，五百万。

后排的青年不急不慢地举牌，加价五百万。

他皱了一下眉，心想意料之中，便举牌，加价一千万。

七千万一次，七千万两次，拍卖师的锤子堪堪落下第二遍。

青年再次加价了，这次是两千万。

他早就攥紧的手微微有些颤抖，以自己多年的积蓄要承担九千万的巨额确实有些吃力，不过估量那个青年也快到极限了——那枚古瓷的价值也不过再加价千万。

他擦了一下额头的细汗，刚要举牌，一张纸条被递了过来。

打开纸条，是一张有些泛黄的照片，他只看了一眼，便呆住不动了。

照片上，是两枚古瓷，左边的古瓷上点缀了一株千叶梧桐，每片叶子都泛着光华，苍翠欲滴，而右边的古瓷，正是眼前的拍卖品。相传，古时有一位民间的制瓷大师，不知姓名，不晓来处，一生制做了无数精品，最后因官窑府吏妒忌，遭人毒害。他死前交给他的两个孩子一对瓷器，告诉他们自己一生绝学技艺都暗含在其中，便撒手人寰。

此后百年，瓷器在战乱中遗失，这两兄弟的后人也一代代地寻找着它们。

两枚古瓷摆放在一起，正组成了一幅鸢鸟归巢图。

纸条上写着一行俊秀的字：我无巨财，家翁遗命，只为器归，此命可抵，望先生成全！

他的心里"咯噔"一下。

拍卖行里一片寂静。

那位先生，出价一亿元！拍卖师有些激动地举手示意。

他露出了满足的微笑

感谢上天成全！

一亿元一次、一亿元两次……三次。

成交！

瓷器属于他了。

十几年的苦苦追寻，今天终于得到了。

他在交接室细细摩挲着这枚古瓷，仿佛要把它烙进脑海里。

他叫人小心包好那件瓷器，拿着走了出去，就此不见了踪影。

不久之后，在一艘开往东方的游轮上。

一位年轻人坐在舱室里，低头看着手里的布包，布包里附着一张字条：

成人之美，美美与共，莫称君子，今日一掷，身外之物，只为得见，此技失传，此器难见，双器合归，瓷技重现，我亦无求，望君珍重，老夫去矣！

包裹里，是那枚古瓷。

"那枚古瓷最终也在'文革'中遗失，但它的所有者为了当年老人的赠器之举，留下来几句诗。"

历史老师在黑板上写了几笔：

梧桐苍苍，熠耀其煌。

徂东山兮，归期慆慆。

有鸢于飞，望其翎羽。

自东来兮，零雨蒙茫。

长 安

世人皆道杜拾遗，拾去盛世百年乱。

离黍何须叹悲欢，长安不见望潼关。

少年时，登临封禅之巅。

"岱宗夫如何？"清癯少年笔尖蘸浓墨。

略一沉吟，卷袖写下："齐鲁青未了。"

年少如他，也像无数帝国的青年一样，心有凌云志。

然，安史乱天下。

嗅到了一丝血气，这气息透自帝国的根基。四处为官，车马劳顿，他一直盼望着机会——为生民立命，为万世开太平。

战火烧到了长安，他只能逃离，却在途中被乱军劫回。

颤抖地看着长安毁于兵戈。

烽火已三月，帝胄走灵武。自嘲白首怎堪搔，半封家书抵万金。

但他终于等到了机会，逃离长安的机会。在一个夜晚，怀着劫后余生的欣喜投奔了朝廷，受到了任用——他坚信，天子一日在，帝国便一日不亡。

官至左拾遗，他忙于应对宦海浮沉，也盼望着下个机会。

一个再也没有到来的机会。

帝国在浩劫中江河日下。受正义之举牵连，一再受贬，离开长安。四方为官，他渴望凭薄吏之身挽帝国于狂澜——可哪里还有什么盛世。

存者无消息，死者为尘泥，徒留疮痍。民间如潮的疾苦让他手足无措，他只能一再欺骗自己。

"盛世怎会如此？"

但他只能在残垣断壁中寻得盛世片影，心中五味杂陈。

登高极目，少陵野老望断山河、望向帝畿、不见长安，他涕泗横流，泪水冲刷着满目尘垢。

那盛世画卷早已被连天的战火烧得烟消云散。他的心中，又有何物在挣扎着熄灭。

战乱终，他也有过漫卷诗书的狂喜，有过白日纵酒的狂欢。奈何长安水边多丽人，朱门已待君王幸。江山美人，千古不可得兼——帝王危矣，社稷危矣。

迟日江山。

国已破，山河在，可自己这份孤忠又能坚持到何日？

看着百姓惊魂甫定，千家只得百家存，他也试着高歌一曲抒怀，谁知歌罢四座掩泣。他这才知道帝国元气已伤，人心已散。

人心散了，万事皆休。

荏苒数十载，在封禅之巅俯视天下的青年已逝。

留下一副枯老皮囊。

他再也没有希冀仕途有成，也不再盼望机会垂青于他。

然而连荫庇天下寒士的最后奢望，都在那个午后被西风无情击碎。

天地不仁秋风号，奈何卷我屋上茅！

倚仗长叹。残阳落日、西风猎猎。

他何尝不想像挚友李白那样一醉万事休，可早就失去了这份勇气，只能在笔下羡艳友人。

不应天子邀上船，只知臣是酒中仙。

老妻幼子，人亡家破。

家已破，国安在。

在每一个日夜里挣扎，彷徨。只有在偶然安眠的夜里，他才能回到长安，回到梦开始的地方。

为何上苍要他用短暂的一生去承受一个盛世的轮回？

也许他叩问过自己，叩问过友人，叩问过笔下的宣纸。

答案不得而知，但他知道答案就在长安。

长安石板渐渐凉，悲风秋雨鸣，尽沧桑。

香榭亭台，楼阁殿宇。

恍然间长安歌舞升平，莺飞燕绕；恍然间烽火四起，杀声震天。

长安，长安。

悠悠千载几时安。

谁知他几度回到长安，又几度含泪离去。

战战战，乱乱乱。

一介布衣，垂垂老矣，他一直在寻找长安的路，却永远不曾回去。

舍不得长安，舍不得这个风雨飘摇的帝国，舍不得天下寒士，更舍不得梦。

他走了，带走一个盛世的苦难。

留下一隅茅屋，一个破碎的梦。

步步回首，且行且留。

终不见长安。

才和性

别总是拿才华搞事情

总是有人说："你真有才。"

我也总是笑一笑，心里觉得这个字和大白菜已经没什么区别。但凡是做了一件有一丝一毫值得褒扬之处的事情，总会有人跑过来对你说："你真的是太有才了。"

先不说这样的夸奖是否真的发自内心，夸奖者先是不知"才"并不是街市上摆着的萝卜青菜，路过的挑夫也好白领也罢，只要是个五脏待祭的人随手掏出几个硬币，便可拿上一捆回家的。

又何况，一个人是否有才，哪个方面有才，也不是通过一件事就能一概而论的。郁达夫在写文章方面可谓才华横溢，但是果真如他所写的，半夜外出散步，顺便潜入旅店偷窃女子钱袋，临走时还意犹未尽地拿起被窃女子的鞋闻了又看，这种行为却实在称不上什么才，说白了这叫盗窃外加恋物癖，如果非要下个说得过去的定义，那算是性情使然。

现代人常常分不清什么是才，什么是性。有人说会办事，口才好就是才，有人说荷尔蒙和冲动就是性。其实很多时候后者发挥的作用要大于前者。

事实上，人在冲动时往往会做出干脆有效的决定，甚至做的事都大大超出平日里的能力范围——这在表面上看起来，似乎能证明这个人有才。

实际上这仅仅能体现出这个人在冲动时的智商高低而已。

判断一个人是否有才，必须看他有没有才情。通俗地讲，才情是一种在才之外的关于爱的心态。

很多人都认为才情就是才，实际上这是一种更加形而上的情怀——相对于一个人自身所能表现出的才华，才情是柔软的，细腻的。

说白了就是走心。

通常来说，一个人有才却没有才情，只能称其为一个原始的，冷冰冰的仓库，这个仓库里存放着不少有待发现的创意之类罢了。

相反的，一个人才华不尽然却有才情，那么他就是一方温暖的炉台，随时都燃着生命的火焰，这火焰就是他原本不具有的才华浴火而生的源泉。

而心灵就是一切才华产生的地方。

而所有人中，最令人佩服甚至有些嫉妒的，是那些有才又饱含着才情活着的人。

他们是一座活体的艺术厨房，那里有灶台，有冷库，有操作台，有源源不断的清水，还有从生活中一点一滴汲取的调味料——这是任何一个拥有顶尖厨艺的厨师都梦寐以求的地方，而这些人的才华就变成了手里游刃有余的菜刀，飘着生活气息的美味可以从他们的厨房里不停地烹制出来。

可惜这样的人大多都变成尘土回归大地了，剩下的实在寥寥无几。我们几乎都属于有才没才情或者有才情没才的这两种人。

我的第二任高中语文老师叫吉吉。

她确实教会了我们，或者说试着帮我们培养才情。方法很简单但也很有效，每天的作业不写在白板上，而是打印在小纸条上发下来——这种形式本身就是一个调动学生好奇心的做法。

高中语文其实是一门很枯燥的学科，虽然课本有名家散文和小说，但是应试教育可不会拉着学生去学什么朱自清和张爱玲。

我整个高中的语文课几乎都在和文言打交道：今天要背《滕王阁序》，明天默写"论语十则"，早读还读了四十分钟的唐宋诗词。

语文老师的功力就体现在了布置作业上，为了让学生不过早地对语文课丧失兴趣，老师可谓是下足了功夫。

功夫就在每天的小纸条上。每当小纸条发下来的时候，上边总会在开头写着一两句暖人的话。作业繁重的时候，总会有"孩子们加把劲儿"，要不就是"揉揉脸，来一个微笑"；夏天热的时候，往往是"天气热，小作业送清凉"。有一句话我不会忘记，那是马年的开春，某一个下午，桌子上出现了一张这样的纸条："马年到了，各位小金马，小木马，小铜马……天天都要快快乐乐的！"

这还只是作业前面的开头语，到了正文的作业部分是思考题和动笔题。

有一次的题目是"请你试着画一画《天净沙·秋思》的画面"；还有几次的题目类似"用一个对联写一写你对XXX的感受"；也有类似"给你的宿舍起个名字吧，最好包括宿友特点的那种"。

这些题目不是高中应试教育所迫切需要的，更不能在短时间里快速提高学生的分数。但这些题目字里行间透着一个有才情的老师在走心的情况下对学生创造力的引导，哪怕这种引导有时候显得小心翼翼，但却从来没有禁锢过任何一次的天马行空。

甚至可以说，老师拯救了太多即将湮灭在机械的应试浪潮中的想象力的火花，和翻书写题相比，这是无价的。

吉吉的语文课上，是大家发自内心笑过的，最多也是最久的课。

笑声里可不止有青春的一晃而过，里边还带着才情萌芽的气息。

和才不同，人们面对性的时候总是显得有些拘谨，甚至是厌恶。中国的教育说到底还是传统的，从原则上抵制私欲的，从世界观和方法论上为禁欲主义摇旗呐喊的

我反感那些靠着出卖笔下肉体为文章添彩的作者，文章并非不可香艳，但文章断然不可靠香艳博眼球。

写文章的最高境界不是艳而是艳而不淫。

李宗吾先生在《厚黑学》里说的"厚而无形，黑而无色"，即一种事物被赋予了高于其表面意义的内涵，却仍然通过这种事物原本的存在形态表达出来。

莫言先生和陈忠实先生在这个方面做的最不露山水。《丰乳肥臀》和《白鹿原》已经到了这个境界。

若是再向前数，白居易写过一首长篇爱情史诗，叫《长恨歌》。

而我很不喜江户文学的好色小说和渡边《失乐园》里对性爱的刻画，很多人把它们解读为"抛却伦理的纯洁人类本性"，但要这么解释的话，任何一部网络小黄文和这些作品也没什么本质区别。

很多作家靠着诸如渡边那样受争议的作品伦理，一次又一次刷新了文学本身对人类教化作用的底线。而不少日本作家对这种行为的解释也十分直接，例如太宰治抱着情人在玉川上水的纵身一跃。他们写完一本作品之后便自我了断，留下背影让后人无法追诉。

再谈到性，是性情的性。

一说到性情中人，多数人脑海里浮现出的大概是《水浒》里挥舞着两把板斧哇哇大叫的李逵，或是路过村茅小店，唤来伙计切三斤黄牛肉，倒十碗茅柴白酒的武松。

性情这个词常常会和"豪迈""仗义"之间的界限模糊起来，但性情确实包含了后者但绝不只限于后者，李白醉酒千杯，月下舞剑是性情，王国维为自由自沉昆明湖自然也是性情，甚至街角大排档老板今天高兴了打折也可以是性情——只要心里想做，正义使然，再者良心上说得过去，那就是性情。

我的另一位语文老师告诉了我们什么是性情。

老师姓李。常常是一身洒脱的中式盘扣短袖打扮，私下我们喊他大师。

大师上课前必板书，而且常常书一些时事热点或典籍篇目。

板书完了便一条一条地去谈论自己的见解，虽然我们常常听到高深处就有些一头雾水，这个时候大师就会告诉我们"不要只听结论呐，一定要去思考，想想这件事是为什么"。

老师们经常怕学生们"知其然"不知"所以然"，于是便只教学生"所以然"，学生也只知道"所以然"。

太多的结论和道理掩盖了事物的本来面目。好比一根苦瓜，老师只告诉学生这根苦瓜能消火降燥，但也仅限于它有这种功效。

长此以往，学生们也就只记得苦瓜能够消火降燥，却忘了苦瓜是什么样子。

独立思考确实是一件奢侈品。想知道为什么？那就去思考吧。这是学生应该有的性情。

如果懒得去想为什么呢？那就怀疑它，怀疑一切值得怀疑的。这也是大师向我们诠释的另一种性情。

一定有人会责难这种鼓励一个学生经常去发问去怀疑的行为。

要是一个人在换上了同样样式的校服，用着同样版本的课本，写着复印出来的试卷的情况下还不能独立思考，不能去怀疑，那和咸鱼还有什么区别？

有人说，生活的最高境界是艺术地活着。

我倒觉得，有才情有性情地活着才是生活最本初的味道。

才和性都是一个人能活得像个人的最好凭证。

好比一只健壮的鹰本该迎着太阳飞翔，一只洄游的鱼本该迎着波浪前行。

因为这样更贴近大海，更贴近天空，更贴近心里柔软的地方。

琴 师

多少遗恨七弦间

琴师姓嬴，单姓无名。

没人知道琴师是何方人士，师承何人。

人们只知道他时常斜背着七弦琴，但从不将其从苫布中取出。

镇上的人们都叫他嬴无名。

琴师终日面对骊山，但只是静坐沉思，从不抚琴拨弦。

于是见过他的人们纷纷猜测这是不是个不会弹琴的骗子。

直到有一天，狂风起兮，天降大雨，百年不遇。

骊山北角被山洪冲开了一隅，裸露出一块洼地和一尊十数丈高的青铜人。

镇上的教书先生说，那是秦皇当年收缴天下兵戈熔铸而成的。

琴师听说了，背着琴来到铜人面前的山坡上，面对着它长坐了半日。

当天夜里，熟睡中的人们被一阵琴声唤醒。

琴声从山北角的山坡上传来，顺着晚风飘进镇子里。

这琴声的旋律和曲调无人能解，连镇子里最年长的百岁老人都不曾听过。

但人们却听懂了这琴声：沉郁、雄浑、顿挫，激扬。

不到一炷香的时间里，琴声却好似奏完了一个朝代的兴衰。

仿佛有一幅画卷在人们眼前缓缓打开，但总有着什么东西在风中撕扯着这幅画，阻挡着它铺展开来。

琴声在最后一个低音上颤抖着，戛然而止。

画卷不动了，似乎卡在了最后一平尺间。

镇上的老人们都流泪了，说这琴声唤起了他们对前朝的记忆。

夜尽天明。

镇上的人们纷纷外出寻找这个叫嬴无名的琴师。

但人们找遍了骊山山麓，也没有发现琴师的踪迹。

人们摇摇头，认为他再也不会出现了。

"唉，可惜了那一首绝世琴曲……"县令坐着四抬的轿子，在一众衙吏的簇拥下回了府。

又过了数日，另一个背着七弦琴的男人来到了镇上，他身边跟着两个不满十岁的孩子。

男人逢人便打听是否见过一个无名琴师。

人们听了之后先是点点头，再摇摇头，都说："那大概是场梦吧。"

男人依旧逢人便问，直到一个浣衣少女抬起头，望着面前高大的男子，笑吟吟地说："你说的那个人可是约莫三十岁，身背一把七弦琴？"

男人点点头，身边的两个孩子抬头看了男人一眼。

"那天清晨，我们去找他时已不见了踪影，想必是进了骊山吧。"少女挥动着捣衣杵。

三日后，男人带着两个孩子，找到了骊山深处的一处峡谷。

"你怎么来了？"

男人身后传来一个冷冷的声音，带着些许惊讶。

男人抿了抿嘴："你还不明白吗？"说着拉紧了身旁的两个孩子。

"朝廷留不得你，而我又是你唯一的朋友。"

男人没有转过身来，两个孩子躲在他身旁，露着大眼睛，看着男人身后。

一阵风吹过，林间草木沙沙作响。

"你可以选择离开那里。"身后的声音冷冷道

"御前琴师……哼。"

"你以为我想做这个御前琴师？"男人松开手，转过身来。

"想做，不想做，都是自己的决定。"身后的声音道。

"你当年可以置己身于不顾，置师父遗命于不顾。"男人握紧了拳头。

"你一个人离开琴庐去了京城，此后被选入王城当了御前琴师。"

"即使我可以前去代替你，可是你忘了师父交代过，无论如何也不能与当世王侯沾染上一丝半点干系！"男人因为激动面色有些发红，微微喘着粗气。

"只因你是……"男人话音未落。

"别说了。"冷冷的声音打断了这句话。

"我是谁不重要，但我的琴告诉我，它需要去那里。"

林间的风倏地平静了。

远处依稀传来猿猴的啼叫声。

"我中了百日散。"男人轻声说道，"那个人……他在害怕。"

"这附近有一位郎中，我去找他，他可以帮你……"对面的声音透出些许焦急。

男人低头看了看两个孩子，笑了笑。

"别费力气了，这种毒形同跗骨之疽，只要我一日在世，这毒就一日不会散去——解药只有宫中御医会制作。"

"那个人，他最后给我的消息是，带着这两个孩子在百日之内找到你，再带你回去。"男人走上前去，走到嬴无名身旁。

猿啼空山，嘶鸣不绝。

"然后在你面前，杀掉这两个孩子。"男人在嬴无名耳边轻声道。

"杀两个总角小童？"嬴无名看了看前方。

两个孩子相互对视着，不知发生了什么。

"你找到了吗，那本琴谱？"男人没有回答赢无名的问题。

赢无名沉默了一会，点点头。

但他又摇摇头："是残缺的，缺少了最后半本。"

"我已经自行接续了一段，但这最后几节似乎不在十二律之中，所以我无法再接续下去。"赢无名叹了口气。

"你接续了一段？"男人盯着赢无名，目光闪烁。

"那我就更不能带你回去了。"男人转过身，走到两个孩子面前，蹲了下来。

"我以后不能再陪你们玩了，今后你们就跟着这位赢老师学七弦琴。切记不要贪玩，好不好？"男人依次摸了摸两个孩子的头。

"你身上背的那把琴，可是'绕梁'？"赢无名在男人身后问道。

"就像师父把'九霄环佩'留与你一样。"男人回头说。

"师父为我选择了'绕梁'——不，应该说这把'绕梁'选择了我。"男人伸手解下背上的琴，打开了苫布。

一张仲尼式雁翅单弧七弦琴出现在眼前。

"上一次与你对弹还是三年前吧。"赢无名侧身解下了背上的琴。

他打开苫布，一张伏羲式圆首双连弧七弦琴，缓缓显露了出来。

"你，还能与我对弹吗？"赢无名看着面前。

"来吧，让我领教一下这几年你都有些什么长进。"男子盘腿坐了下来。

嬴无名也坐了下来，他眸中有几分淡淡的悲哀。

两人的双手几乎同时抚上了琴弦。

音符化作来回拨动的琴弦，在两人的指尖流淌。

不远处，两个孩子痴痴地听着。

远处，一群鸿雁飞过群山。

这一曲的旋律似乎时刻都在变化，但两人却仿佛有了彼此的指尖一般，整首曲子如潺潺流水，不曾中断过。

渐渐地，旋律变得有些艰深晦涩，男人的额角渗出了汗水。

嬴无名抬头看了男人一眼，摇了摇头。

旋律开始有些断断续续。

男人闭上眼，听着嬴无名无名指尖下的旋律。

嬴无名的指尖渐渐有些迟缓。

他知道，琴谱到这里就快要结束了。

"黄钟变，无射羽，太簇徵。"男人张开眼，指尖拨动了几下。

"大吕角，夷则商，黄钟羽……"嬴无名的眼里涌动出几分光彩。

琴谱又顺着旋律延顺了两节。

但嬴无名眼中光彩很快便暗淡了下去。

他双手抚平琴弦，停止了弹奏。

"为何不弹了？"

男人看着嬴无名。

"最后一节，我们是不可能接续完成的。"他笑了笑。

"天地之音吗……"男人抬头看了看眼前的长松。

"就算如此，以我余生，帮你续这半本琴谱，也值了。"男人站了起来。

"如若真的有补全琴谱的那一天，谁也不知道会发生什么。"嬴无名收起九霄环佩。"也许我会死，也许我会知道'那个人'他在害怕什么。"

"我走了。"男人轻轻包好绿绮。

"你要回去？"嬴无名一挑眉毛。

"呵……我怎会再回到那个乌烟瘴气的王城中去。"男人笑了。

"我会带着绿绮，回琴庐过完我剩下的时日。若师父泉下有知，他应该会原谅我吧。"他说完，在两个孩子面前再次蹲了下来。

"我和那个人，我们的师父，曾是世间第一琴师。"

"琴道不染尘世，心清方能造极。"

"你们要好好听嬴师父的话，学会照顾自己。"两个孩子点点头。

说罢，他卖力地站起身，迈步离去。

嬴无名张了张嘴。

"子殷……"

但言语声被林间脚步"沙沙"的碎叶声所淹没。

直到脚步声远去，消散在风中。

嬴无名的脸色有些苍白。

他缓缓走到两个孩子面前，"你们叫什么名字？"

左边的孩子最先开口："我，我叫陈赦。"

紧跟着，右边的孩子怯怯地开口："我叫吴旷。"

林间微风拂过两个孩子的发端，轻柔如指尖。

骊山脚下，晨露升腾。

一缕水珠缓缓凝聚，冲散尘土，在金戈铜人的眼眶中流过。

滴落。

诗与谁

红与黑

美学老师要我们写几篇读书报告。

"中国近代的美学理论是从王国维开始的，而王国维关于美学的作品中又以《人间词话》为经典。"他如是说。

我和这本书还有些渊源。

我第一次看到《人间词话》是在八九岁的时候，那时家中书房有一本二十余年高龄的老书，纸页泛黄。

当时翻开这本带着旧书特有的味道的《人间词话》，满目之乎者也。我全然看不明白，草草翻了几页就塞回书架，跑出书房去玩了，从此把这本书忘得一干二净。

上了高中之后，我有几次萌发过想要买一本《人间词话》的冲动，于是跑到书城里四处转悠，最后我抱着几本教辅和练习册满意地回了家，再一次把这本书抛到了脑后。

十八岁生日的晚上，朋友送了我一本《人间词话》，于是了却夙愿。

整个高三的后半年，这本书都被我放在书桌上。

再后来就是高考。

语文作文成了唯一供学生的课外知识发挥作用的地方。说实话，当时的高考作文题是一段关于人与自然的叙述，而我近一半的高考作文都没有搭理材料，另一半里还有四分之一是读了《人间词话》后的感悟。

作文只有一千字不到的空格，现在想想这些格子也着实可怜。有多少考生倾尽了学力和脑力去填充这些空格，最后笔下所写的还不是心中所想。

不过，要是想什么就写什么，高考也不能称其为高考了，不如叫散文大赛。

写应试作文就是个这么纠结的事——不论如何，我的高考语文分还挺高。

然而，考试归一码，作业是不能不写的。

于是我怀着崇敬的心情再一次打开《人间词话》，却发现了"读书"和"怀着目的去读书"之间的天差地别。

如果说单看"庭院深深深几许"这个三叠字单句，所有人都会顿生感慨，至于这个感慨怎么用语言形容，又怎么变成笔下的文字，那就不是人人都会的了。

不得不说，我们在面对许多能带来原始美感冲击事物的时候，"意会"在心里占的成分要比"言传"的多，难度也小得多。

就像我们都能脑补一个曲径通幽，柴扉半掩的庭院，但是很多人却无法从哪怕一个角度去赏析它究竟美在哪里，为什么会美。

同理，怀着"我要写报告"的目的去读这本《人间词话》，和怀着"我就是想看看古诗词"的目的去读，前者带来的恐怕会是无尽的不自在。

就像拿着一根软木塞，塞住了大部分人的天灵盖，然后给出一个赏析全书的命题让这些人去硬生生地憋。

就像高中生的噩梦是"背诵全文"，那么大学生的噩梦是"品读全书再写份报告"。

一开始，我铆足了劲想要开一个好头，奈何查阅了一下资料后发现"读书报告"是有格式可循的。

于是我对开头做出了如下一本正经的调整。

"近代国学大师王国维先生在《人间词话》这部文学评论著作中以中国传统诗学，词学的眼光，加以西方系统的美学思想和批判思想，将数千年来的历代诗词及前人注解融会贯通，继而成一家之言，铸成了这座近代文学理论体系和诗词著作中的不朽丰碑。"

打完这段冠冕堂皇的话之后，一看表，一分钟不到。

此时感觉良好，于是奋指疾书。

"《人间词话》卷首是一篇《戏效季英作口号诗》七言诗，句二十有四，虽是戏效口号诗，但却无处不透出王国维先生对古代诗词积累之深厚，化用之灵活。作为卷首题诗既恰到好处又不失雅趣。"

按照套路，此时应当是对作者才华的褒扬了——我想起手稿卷首有这么一首诗，于是就写了上边这段正经无比的话。

然后就该到个人的体会和收获这个桥段了。

我翻着书，脑海里一片空白。

当很多想法挤在一起的时候，它们会彼此抵消和否定，这个时候我还要怀着"写一篇报告"的目的去抓住这些思绪。

随后我想到了"三"这个神奇的数字。

可是怎么去填充这个"三"又成了个问题。

我大致算了算这本《人间词话》里有代表性的观点，一边写一边归类。

"在我看来，整本《人间词话》中最为闪耀的几个观点可将这本书大致分为三个部分（以下简称《词话》）：第一部分为'境界说'，第二部分为'咏物说'，第三部分为'理论说'。"

我编了几个自认还有些道理的名词，然后再从书里找到和这三个名词有关系的部分就大功告成了。

"以下是我对这三个部分的理解。"我继续写道。

"第一部分，即'境界说'，实际上是本书的中心，以'境界'或'气象'为旨，贯穿了整本《词话》。开篇第一词为欧阳修的《蝶恋花》，作者语：'词以境界为最上。有境界则自成高格，自有名句。'作者随后又接连抛出'造境'和'写境'，'有我之境'和'无我之境'这两个极其富有辩证色彩的命题，令读者眼前为之一亮，许多诗词中看似相近却又不易言说的不同之处被这两个命题诠释得十分明了。

"同时，王国维先生自认'兴趣''神韵'等等形容诗词感觉的词都只是'道其面目'，并不如自己的'境界'能够探触到诗词的本源。

"这种说法固然有它的道理。举一个最广为流传的例子：在《词话》中，王国维先生提出了影响后世无数人的'人生三境界'，分别取晏殊《鹊踏枝》'昨夜西风凋碧树'，柳永《凤栖梧》'衣带渐宽终不悔'和辛弃疾《青玉案》'那人却在灯火阑珊处'作为三境之描写，极道成学立业的辛苦艰涩，是我所认为的'境界说'中集大成之句。"

其实我想说的远远不止"成学立业辛苦艰涩"和"集大成"这么简单，奈何这篇报告还有个字数限制。

第一次看到"人生三境"这段话的时候，在我脑海里第一时间出现的不是对这六句词的感悟，而是"天将降大任于斯人也，必先苦其心志，劳其筋骨，饿其体肤，空乏其身，行拂乱其所为"这么一句话。

古往今来有不计其数的学者和导师研究过同样不计其数的成功者，希望能找到他们之间的共同点以遗后世，顺带着让自己百年流芳。

不少人皓首穷经，最后颤抖着双手总结出四个字：治学修身。

所以动心忍性，增益其所不能。

王国维先生一定也是这么想的。

于是我就接着往下写。

"第二部分，即'咏物说'，散见于《词话》中对各咏物诗词的点评和批判，多以古代诸词家之名篇为例。

"'咏物说'中最为深刻的一篇见于'篇三十七'和'篇三十八'，即苏轼《水龙吟》和史达祖《双双燕》。王国维认为，历代咏物之词以苏轼的《水龙吟》为最工，史达祖的《双双燕》次之。同时，王国维还不忘批判一番姜夔的《暗香》和《疏影》徒有格调而无意境。

"最后，'咏物说'的总述落笔于'篇四十'，以'隔'与'不隔'之别对诗词所描写之物和所造情景之间的关系做了'浅薄有别'的解释。

今天看来，'隔'与'不隔'可大致理解为'接不接地气'，但又不全是如此。"

到这里为止我看书十分钟，想了五分钟，接着写了二十分钟。

说句实话，我个人觉得《疏影》和《暗香》还是颇有意境的。

"最后一个部分，即'理论说'，在我看来虽然并非《词话》中浓墨重彩的一笔，但却隐于字里行间，处处可见。

"王国维先生的《词话》与前人所著各类诗词注疏最大的不同，在我看来应该在于理论的高度和逻辑的层次。王国维吸收了西方美学和古典哲学的思想，但这一切又建立在对中国古典诗词充分欣赏的高度之上，并化为了《词话》中随处可见的引用、分析，举证和批判。

"整本《词话》（不包括补录和未刊登手稿）中，在我看来最能体现王国维先生受西方哲学思想影响的应当是'篇十八'，他对南唐后主李煜的词风做出了中西结合的诠释：'尼采谓："一切文学，余爱以血书者。"后主李煜之词，真所谓以血书者也……后主李煜则俨有释迦、基督担荷人类罪恶之意。'一语囊括德国古典哲学，佛学和基督教义，看起来有些杂糅，但毕竟囿于中西碰撞的时代，还是无可非议的。"

写到这里，我如释重负，心想终于完成了这么一个无比别扭的任务。

不过根据格式，结尾总得升华一下，提一个展望和期许吧。

于是就有了如下生硬而矫情的结尾。

"反复读过《人间词话》之后，我对古典诗词的理解用'山外青山楼外楼'来概括是最恰当的。

"感谢王国维先生能够在那个纷乱的时代里静坐下来，为后世留下这部书，或多或少地提醒着后世人去攀登古典诗词这座楼阁。

"正如陈寅恪先生所金碑文，一切争议都无法掩盖它们背后闪耀着的真理的观点：'先生之著述，或有时而不章；先生之学说，或有时而可商。惟此独立之精神，自由之思想，历千万祀，与天壤而同久，共三光而永光。'"

到这里，我的读书报告超字数完成了。

后记：

我是个不喜欢官样文章的人，不论是看还是写。

对于我来说，一篇作业性质的读书报告和一篇刊登在《人民日报》上，盖着印章的红头文件没有什么差别。

"某某领导莅临，关照，发表重要讲话，临别合影留念……有关部门认真学习相关谈话精神，贯彻落实……"这类套话和"本书作者的简介……作者的观点……我的看法和体会……我的总结性观点和展望……"这种报告格式实际上没有本质区别。

退一步讲，就算不按照格式来做，从你有了"读这本书就是为了写篇报告"的想法的那一刻起，这本书为你准备的所有感动已然被破坏殆尽。

有的人说这叫功利阅读，有的人说这叫动机不纯，还有的人说这叫应试。

生活为我们准备了无数意外，这里头有惊喜也有感动，而我们准备了无数的套路去应对它们。

就读书或读诗而言，这样不好。

高中的时候我们学古诗词鉴赏，看到一篇古诗词，首先得想着弄清楚这一句到底是用典还是抒情，如果是抒情那究竟是借景抒情还是直抒胸臆，最后还要把诗眼找出来赏析一番，回答一下诗人写诗时的心情如何。

在读《人间词话》的那些日子里，这本书里的古诗词从来不像试卷上的它们那样，给过我这种刨地三尺还字字计较的感受。

　　春色三分，就是二分尘土和一分流水，这么写于情于理都很美；快哉亭上刮的就是千里快哉风，哪来的那么多官场沉浮。

　　诗人的心情最难揣测，所以我选择不去随意揣测。

　　当然，学习专业的赏析知识对读诗而言有利无害，而可贵的是这些知识能够在感性之余提供更多来自理性的感动，而不是屏蔽它。

　　最后说几句。

　　前些时候读纳兰容若的《如梦令》，当时心潮澎湃就想着也填一首霸气侧漏式的，用了几分钟看平仄，然后就有了这么一首《如梦令·君》：

　　紫殿金阁龙醉，人影惶惶正退。拂袖凤凰台，还把凤翎撕碎。舞魅，舞魅，池面落花安睡。

　　澎湃结束，写得太差，不支持赏析。

下篇　诗歌

诗和词

诗词是

生活的缓冲带

炸鸡的起泡酒

拉面的溏心蛋

抚平了伤痕

充实了心房

也喂饱了时光

醒

会不会

有这么天

你趴在桌上熟睡

耳边依稀传来

老师的话语重叠

窗外的阳光翩跹

不知过了多久

同桌拍了拍你的肩

你打着哈欠醒来

揉着困倦的双眼

迷茫的你发现

回到了很久以前

倒计时变成了

一千零三十五天

同桌稚嫩的侧脸

桌上的试卷

让你哭笑不得的是

有那么多事情

还来得及

去改变

碎　念

很久以前

晴空万里

却下着小雨

时光被揉碎了

掺在阳光里

耳边传来熟悉的乐章

我吹着口琴

你弹着尤克里里

河水漫过田埂

星野坠入大地

旧日的天堂鸟

在凤凰木上

唱着回忆的葬礼

追着这时断时续的歌声

翻山越岭

青春的火焰在沿途肆虐

焚毁了一路走来的痕迹

翻山越岭

我将抓住你衣角的一刻

却发现

衣角裂成了风景

河水随着记忆

缓缓倒流

长　大

我的两个朋友

和我同年出生

第一个朋友身强体壮

会帮我赶走路上的野狗

帮我摘下树上的羽球

委屈了帮我出头

第二个朋友瘦瘦小小

不争不抢

精于妥协

像只祥和的熊猫

后来我们长大了

健壮的朋友日渐衰弱

瘦小的朋友愈发强壮

我开始对后者言听计从

躲开野狗

买新的羽毛球

彼此妥协

我越来越聪明

活得越来越好

一天

衰弱的朋友问

"你还记得我的名字吗？"

"我快要永远离开你了"

我怔了一下

"你记得他的名字吗？"

他带着年少时耿直的笑

我不假思索地回答

"他有很多名字"

"他叫智慧，也叫理性"

衰弱的朋友微微点头

"他会陪着你走完剩下的日子"

"我该走了"

颤抖的手拍了拍我的肩

"只能陪你到这里啦"

他慢慢消失

我却哭不出来

忽然想起

他叫年少

一　定

那天

一定是下午

阳光一定很好

手边一定有本书

和一杯咖啡

书一定没有看过几页

咖啡一定要拿铁

照片一定加滤镜

配文一定很文艺

心情一定很好

之所以活成这样

你一定不在我身边

考 试 铃

抱着试卷

监考员走进教室

像抱着娇嫩的婴儿

纸尿裤上印着字

装作熟视无睹

心里万分忐忑

考生们焦急地等着

心跳加速

终于

巴甫洛夫的铃铛

丁零一响

坏了

忘了条公式

茶　楼

桥头的石雕

缓缓张开

布满裂痕的口

涨落的河堤

烟雨里失守

八仙梨花桌

鼎炉漫烧

难咽心口

楼外

两扇门环镶铜兽

行人川流

昨日桥头烟花盛

几朵能停留

天青鎏金壶

斟半盏作酒

茶浓墨重

楼高风骤

好叙旧

母　亲

除了鬓角

连她的围裙

都抵抗着岁月

母　亲

除了鬓角

连她的围裙

都抵抗着岁月

凰

摇首出尘

抖落身上的灰烬

一片一片

燃过的青春

信　徒

蒲团上

佛凝视着

一只虔诚的

蚂蚁

荷　马

长眠的歌者

在灵魂深处

放声歌唱

若灵魂老去

歌声也将继续

回响天际

敦煌的牧笛声

河西的风

顺着底格里斯

吹到古巴比伦

北海的捕鲸人

抬起沉重的鱼叉

又放下

鲸鱼的眼泪

结成了冰

顺着洋流

飘到西海岸

赛壬的歌谣

装扮着水手的梦

梦里的船

在海上

海上的船

在梦里

倒塌的神庙

正中央

站着永世不朽的神像

握着生锈的权杖

面前匍匐着

碎石和尘埃

降下的夜幕

沉睡的油灯

照耀脸庞

燃烧希望

在结束之后

青春不代表没有故事，只是不少故事到最后都成了事故。

因为有这些事故，我们往往还没有感受多少青春的美好，它就带着种种不完美凋敝了。

到底哪个青春才是一丝不苟的完整的呢。

在中国，经历了三年时间准备的青春，在迈过高考的一瞬间，似乎就昭示着某种意义上的完整。

可这真的是完整吗？

现实和希望总是在难产的边缘挣扎，最后只能留一个。

除去分数，除去校服，中国高中生几乎剩不下什么称得上优秀的地方。被分数逼出来的学习能力也会在随后的几年里消失殆尽。

至于如何变成一个优秀的高中生，很抱歉，我不能回答，因为我不知道。不少人眼里的我是优秀的，我眼里的我从未优秀过。

而这本书只能揭开我所认知的，中国高中世界的一角。我也尽我所能地把随着这一角的揭开而倾泻而出的情感和现实平衡起来，以故事或事故的形式呈现。

它并不是一本高中修炼手册，它是一本带着些妄想的回忆录。

高中生没有理想，或者说对理想没什么概念。未来对于他们而言仅仅是一本厚厚的录取指导书和录取分数线。除此之外再无他物。

很多人怀念高中最后的时光，那时候没有过多的欲望，这也是为什么中国高中生一考上大学就开始疯狂地自我释放。

经历过高考的人至少可以回想着当年，再感叹一句："我也曾经纯粹过。"

之所以这么说，因为那些画面已经在我的记忆中渐渐破碎消散，而这种侵蚀是来自外部的，迟早的事。

如若有一天你发现，自己突然有了很多细碎的，断裂的回忆，伴随着这些回忆的是连绵的思绪——说明你开始变老了。至少你长大了。

然后，没有什么愿时光不老，青春不散。我们在学校里看着彼此的青春一点一点燃烧，在未来的生活里从生活必需品变成奢侈品，只不过有人努力抓着它的尾巴，有人默默地放了手。

那么，在一切都结束之后。

有人说高中到了最后就是成王败寇，考不上985、211的学生就会低人一等。很多人害怕了，拼命了，最后还是没能成为学而优的少数人。

成功的方法有很多，高考仅仅是其中较公平的一种。我的同学们有的选择了出国，有的选择了复读，有的选择了创业，而更多的人选择了接受这个游戏的结局。

在我看来，所有的选择都不分好坏。因为从做出选择的那一刻起，每个人都拥有了属于自己的生活。

在此之前，我们的青春太相似了，以至于分不清哪个是你的，哪个是我的。

高考结束之后，我留了一套校服。

那是我们曾经穿过的青春。

到此为止，青春是被汗水浸透的，皱巴巴的，干净好洗的，带着荷尔蒙和洗衣液的味道。

而这些青春的见证者是水泥楼道，桌椅板凳和球场跑道。

前不久看到"影响中国人一生的十本书"排行榜，其中《五年高考，三年模拟》赫然位列第三。

多少人看见这本巨大的紫色教辅后会回忆起，彼此的青春被知识和试卷所支配的，九千四百六十万零八千秒的时光。

很讽刺吗，很无奈吧；很辛酸吗，很值得吧。

高考结束的那天下午，朋友圈里出现了很多感慨。

"想到马上就不会回去了就想要逃离，想到再也回不去了就舍不得离开。"

"一场考试，七张试卷，散了三年青春。"

"感觉此生再也不会为了一个目标如此燃烧。"

……

我不愤恨，也不感激涕零。这一切都是我在这块土地上生活过的证明。

这场考试究竟有多么大的力量，使得无数青春放弃了自我，燃烧着为它迈出一部又一步。

结束之后，等青春的火焰散尽。

许多人始终找不到自己。

但是啊。

有人告诉我，青春在迈过高中的天空后并没有停下。

它早晚会在这火焰里重生。只要你坚定地去追寻自己的目标。

它就会抖落灰烬，慢慢走向远方朦胧的光亮。

你终会找到属于自己的青春。

只要从开始之后，坚持到结束之前。

……

如果让我说最后一句：

关爱高中生，他们太苦了。

图书在版编目（CIP）数据

在开始之前 / 陌上桑著. —— 南昌：百花洲文艺出版社, 2017.5
ISBN 978-7-5500-2210-2

Ⅰ.①在… Ⅱ.①陌… Ⅲ.①散文集－中国－当代②诗集－
中国－当代 Ⅳ.①I217.2

中国版本图书馆CIP数据核字(2017)第090918号

在开始之前

陌上桑　著

出 版 人	姚雪雪
责任编辑	王俊琴　李梦琦
装帧设计	张诗思
制　　作	何 丹
出版发行	百花洲文艺出版社
社　　址	南昌市红谷滩世贸路898号博能中心一期A座20楼
邮　　编	330038
经　　销	全国新华书店
印　　刷	江西千叶彩印有限公司
开　　本	720mm×1000mm　1/32　印张　8.75
版　　次	2017年9月第1版第1次印刷
字　　数	100千字
书　　号	ISBN 978-7-5500-2210-2
定　　价	29.00元

赣版权登字　05-2017-125

邮购联系　0791-86895108
网　　址　http://www.bhzwy.com
图书若有印装错误，影响阅读，可向承印厂联系调换。